KB214898

어머니와 구름

어머니와 구름

초판 1쇄 발행 2025년 5월 8일

지은이 양민주
펴낸이 강수걸
편집 강나래 이선화 이소영 오해은 이혜정 한수예 유정의
디자인 권문경 조은비
펴낸곳 산지니
등록 2005년 2월 7일 제333-3370000251002005000001호
주소 부산시 해운대구 수영강변대로 140 BCC 626호
전화 051-504-7070 | 팩스 051-507-7543
홈페이지 www.sanzinibook.com
전자우편 sanzini@sanzinibook.com
블로그 http://sanzinibook.tistory.com

ISBN 979-11-6861-459-8 03810

* 이 책은 경상남도, 경남문화예술진흥원의 문화예술 지원을 보조받아 발간되었습니다.

 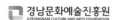

어머니와 구름

양민주 수필집

산지니

책머리에

수수밭에 들다

낙동강 강가 수수밭의 수수들이
머리 숙여 오목눈이를 부를 때
나는 여동생에게 시비를 건다
오빠가 밉다는 여동생
악에 받쳐 고함을 지르면
그 소리에 놀란 어머니
부지깽이 들고 달려온다
벗겨지는 신발을 버리고
키 큰 수수밭으로 뛰어들어
귀를 세워 쪼그려 앉으면
수숫대는 긴 잎을 늘여 나를 가려주고
바람은 내 거친 숨소리를 앗아간다

파란 하늘 언저리, 햇살에 눌려
핏빛으로 영근 수수들

그 사이로 하얀 낮달이 잠을 잔다
바스락거리는 어머니 발걸음 소리에
오목눈이는 지저귐을 멈추고
떨리는 내 몸은 움츠러든다

머리 숙여 생각하면
평생을 갇혀 나오지 못할
그런 수수밭이 있다

『아버지의 늪』에 실린 시다. 엄한 어머니, 자상한 어머니를 그리며 썼다.
　그리움의 그림자가 핏물이다.

　　　　　　　　　　2025년 봄 봉황대 자락에서

차례

1부

슈크란 바바

우리는 때때로 '하느님 감사합니다'라고 말한다. 감사해야 할 사연은 저마다 다르다. 소중한 생명이 태어나서, 바라던 직장을 구해서, 원하던 시험에 합격하여, 사랑하는 사람을 만나서 등등.

나도 간절히 소원하던 일이 이루어졌을 때 무의식적으로 하늘을 우러러보며 '하느님 감사합니다' 하고 되뇐다.

최근에 '아침 숲길' 칼럼을 쓰는 뜻밖의 행운이 찾아왔을 때, 구름 한 점 없는 새파란 겨울 하늘을 쳐다보며 '하느님 감사합니다'라고 가슴속 소리를 내보았다. 내가 만약 아프리카 수단에서 태어났다면 '슈크란 바바' 하고 살며시 외쳤을 것이다. '슈크란 바바'와 '하느님 감사합니다'는 같은 뜻이므로….

'슈크란 바바' 하면 인제대 의과대학을 졸업한 고(故) 이 태석 신부가 떠오른다. 이 신부는 아프리카 남수단에서 내 전으로 피폐해진 톤즈 마을의 의사로서 전쟁의 상처와 한 센병 환자의 썩어가는 발을 치료했다. 학교를 세워 학생들 에게 총칼 대신 연필과 악기를 쥐여주어 공부와 음악을 가 르쳤다. 자신의 아픈 몸은 돌보지 않고, 열악한 환경의 주 민을 위해 헌신적인 사랑과 봉사로 희생한 분이다.

이 신부가 만든 노래 중에 제목이 '슈크란 바바'란 곡이 있다. 내전 중이던 남수단과 북수단이 2005년 평화협정 을 맺었다는 소식에 감격하여 당신께서 직접 만드셨다고 한다. '하느님 감사합니다'라는 말은 개인의 소망이 이루 어졌을 때 하는 경우가 많다. 지극히 개인적이다. 하지만 이태석 신부는 전쟁을 중단하는 평화협정에 감격하여 '슈 크란 바바'를 만들었으니 그 뜻하는 바가 크고 특별해 보 인다.

지난 14일은 이태석 신부 선종 10주기였다. 이를 기념하 여 〈울지마 톤즈 2 : 슈크란 바바〉란 영화가 제작되어 상 영 중이다. 사제이자 의사, 나아가 교육자와 음악가인 이 신부가 가난과 전쟁으로 희망이 보이지 않는 톤즈에서의 삶을 다루었다. 전편인 〈울지마 톤즈〉에서 공개되지 않은 부분을 다루는 데 그치지 않고 진정한 인간 이태석의 명징한 모습을 그렸다고 한다.

나는 〈울지마 톤즈〉를 보는 내내 눈시울을 붉혔다. 자신을 희생하여 사랑을 전하는 모습에 감동하여 울었다. 영화에서 톤즈의 사람들은 이 신부를 그의 세례명에 성을 붙여 '쫄리(John Lee)' 신부로 부르며 따랐다. 그는 현지 주민들과 허물없이 어울리며 행복을 누리도록 희망의 빛을 골고루 나눠주는 데 온 정성을 다했다. 그 빛은 나무의 잎을 푸르게 키우듯, 오랜 내전으로 거칠어진 성정을 순탄하게 길러 삶에 변화를 주었다.

이 신부의 돌연한 죽음으로 이 빛이 사라져 톤즈의 사람들은 더없이 슬퍼했다. 눈물 흘리는 행위를 수치로 아는 톤즈의 키 큰 딩카족도 이 신부의 죽음 앞에 밤낮으로 울었다. 〈울지마 톤즈 2 : 슈크란 바바〉는 얼마나 큰 감동으로 다가올지 영화 볼 날을 기다리고 있다.

이태석 신부의 모교인 인제대에서도 지난 14일 선종 10주기 추모식을 진행했다. 추모식은 신부님의 모습을 담은 동영상 상영과 추모사 낭독, 추모 연주, 추모 헌화로 진행되었다. 이 신부님이 중학교 시절에 만든 〈묵상〉이란 곡도 연주되었다. 별도로 마련된 이태석 신부 기념실에는 신부

님에 관한 100여 종의 도서를 전시하여 신부님의 아름다운 삶을 기리는 자리가 되도록 했다.

이태석 신부의 삶을 톺아보면 우리가 감사해야 할 일이 매우 많다. 대한민국 국민으로 10남매 중 아홉 번째로 태어나줘서 감사하고, 우리네 아버지와 같은 신부의 삶을 살아줘서 감사하고, 그 어렵다는 의과대학을 졸업하여 의사가 되어줘서 감사하고, 톤즈에서 의료봉사와 교육활동을 하며 전쟁·기아·질병으로 도탄에 빠진 사람들을 구해줘서 감사하다.

몸은 돌아가셨지만, 그 정신은 영원히 살아 있어 제2, 제3의 신부님 같은 웅숭깊은 사람이 생겨날 수 있는 길을 열어줘서 감사하다. 무엇보다도 이러한 삶을 살다 간 당신을 기릴 수 있어서 감사하다.

우리는 때때로 '슈크란 바바'라고 말해야 한다. 감사할 수 없는 세상은 얼마나 삭막할까. 자기 자신을 위해 나아가 이태석 신부처럼 인류 평화를 위해서 '슈크란 바바' 하고 선율이 고운 노래처럼 말해야 하지 않을까. 나에게 진정한 감사의 의미를 일깨워주신 당신께, 당신의 선종 10주기를 맞아 마음의 하얀 국화 한 송이를 바치고 싶다.
2020.01.30.(목)

이소 (離巢)

아파트 정원 살구나무에 꽃이 활짝 피었다. 2층 베란다에 서면 내 키와 내다보이는 살구나무의 키가 얼추 같아 꽃을 눈앞에 두고 감상한다. 아침이면 직박구리가 찾아와 꽃을 따 먹으며 지저귀고, 검정과 흰색의 예쁜 옷을 입은 어린 박새는 두리번거리며 먹이를 찾느라 나무 껍질을 쫀다. 그러다가 아파트 청소 아주머니가 마련한 대야로 날아가 물을 마시기도 한다. 박새의 새끼는 이소한 지 얼마 안 되어 보인다.

지난 입춘 시절에 딸아이가 운 좋게 공직 시험에 합격하여 경남 거제로 발령이 나 새봄에 집을 떠나게 되었다. 딸아이는 김해에서 태어나 지금까지 한 번도 집을 떠나본 적이 없다. 유치원부터 대학을 졸업하고 지역의 사립대학에서 계약직으로 짧은 기간 근무한 것까지 내처 사반세기 이상을 김해에서 보냈다. 짧다면 짧고, 길다면 긴 세월이다. 고등학교 졸업을 앞두고는 김해를 떠나 타지역의 대학을 가길 원했다. 하지만 가정형편이 넉넉지 못한 나로서는 생활비를 댈 자신이 없어 만류하였다. 그 대신 해외 어학연수를 보내주마 하고 설득하여 지금까지 한솥밥을 먹었다. 어학연수 기간에는 내가 술을 좋아한다는 사실에 생활비를 아껴 공항 면세점에서 값비싼 양주를 사 온 아이였다.

시험공부를 할 때도 집을 떠나지 않았다. 밤새워 의자에 앉아 공부하다 보면 스트레스로 인해 살이 찌고 머리카락이 빠지기도 했다. 그러면 나는 "딸, 살이 많이 쪘네. 살 좀 빼지", "딸, 온 집 안에 머리카락이 수북하네, 청소 좀 하지" 하며 나무랐고, 어릴 적 사준 책상이 낮아 불편하다며 거실의 식탁에 나와 공부할 때도 "딸, 아빠 TV 봐야 하는데 방에 들어가 책상에서 공부하지" 하면서 지청구만 해댔다. 자식인 딸을 건사해야 하는 아버지로서 못 할 짓을 한 것 같아 죄스럽고 미안하기도 하다.

이젠 평소에 잘해주지 못한 마음을 뉘우치며 딸을 보내야 한다. 보낼 채비를 위해 봄을 맞이한다는 우수 절기에 아내와 나 그리고 딸은 방을 구하러 거제도로 향했다. 창

망한 바다의 풍광이 좋은 거가대교를 지날 때는 상쾌하면서 슬픈 묘한 기분이 들었다. 딸아이가 어려운 시기에 직장을 구해 마음의 짐을 덜어 홀가분하기도 하지만서도 또 며칠 후면 집을 떠난다는 감정 때문이리라.

거제에 도착하여 다행히 딸아이의 직장과 가까운 곳에 방을 구했다. 부동산에서는 거제도의 조선 경기가 살아나고 있어 방 구하기가 힘들다고 했는데 딱히 그래 보이지는 않았다. 경기가 살아났으면 하는 열망이지만 불투명한 느낌이라 마음이 무거웠다. 며칠이 지나 다시 거제도로 가서 작은 침대와 이부자리 그리고 가재도구를 마련해주었다. 집 안 곳곳 깨끗이 청소도 해주고 왔다.

바야흐로 떠나보낼 준비가 완벽하게 이루어졌다고 생각했다. 그런데 여러 사정으로 해결하지 못한 것이 한두 가지 생겼다. 여가생활이나 업무에 필요한 인터넷 연결과 삐뚜름하게 달린 커튼의 수리 등이었다. 아내는 혼자 생활하게 될 딸아이가 불안했던지 이 일을 나에게 맡겼다. 딸아이가 처음 출근하는 안날 하룻밤을 딸아이 방에서 자고, 출근 후 이 일을 처리해 주었으면 했다. 부창부수라 했던가, 나도 그럴 마음이 있었다.

첫 출근 전날 어둠을 뚫고 거제도로 향했다. 이슬비가

간간이 내려 가로등 불빛이 흐릿한 거가대교는 평상 위에 홀로 앉은 노인네처럼 유적해 보였다. 도착하여 가져온 짐을 정리하고 나와 딸아이는 방에 나란히 누웠다. 딸아이는 새로 가져보는 자기 침대 위에 누웠고, 나는 홑이불을 바닥에 깔아 딱딱한 방바닥에 누웠다. 등이 배겨도 한 공간인 것이 좋았다. 난생처음으로 다 큰 딸아이와 단둘이 잠을 자보는 것이다. 어릴 적에도 가족들과 함께 자보긴 했지만 단둘이 자본 기억은 없다. 이런 기회가 또 생겼으면 하는 희망이 그립기도 하겠다.

낯선 분위기라 잠이 좀처럼 오지 않아 이런저런 대화를 나누었다. 딸이 "아빠, 잘 키워 줘서 고마워. 아빠는 글을 잘 쓰니까 이 상황을 글로 써보면 어때?" 한다. 나는 평소와 다름없이 "쓸데없는 소리 그만하고, 내일 출근해야 하니 그만 자" 했다. 딸은 자기 아빠가 글을 잘 쓴다고 생각하나 보다. 그리고 이따금 역설로 표현한다는 사실도 아는 모양이다. 갑자기 울컥하며 눈물이 고였다. 형광등을 끈 게 그나마 다행이었다. 나도 가만히 '잘 커 줘서 고마워'라고 반응하며 괭이잠에 들었다.

아침 해가 밝고 해결하지 못한 일을 마무리하고 왔다. 이소한 어린 박새같이 새봄을 맞아 세상 속으로 처음 뛰어

든 우리 딸과 우리나라의 딸, 아들들에게 감히 고해본다. 살구꽃보다 아름다운 사람들과 더불어 살며 붕새처럼 세상을 훨훨 날기를…. 항상 건강하여라. 2020.04.02.(목)

타인의 삶

사람은 저마다 한 세계관을 갖고 살아간다. 나도 한 세계관을 갖고 살고, 타인도 한 세계관을 갖고 살아간다. 이러한 세계관은 소통하고 서로 관계를 갖는다. 나와 타인의 관계 속에서 우리는 삶의 굴레를 벗을 수 있고 쓸 수 있다. 나와 타인의 관계를 넘어 사람과 우주 만물의 관계 속에서도 우리는 삶의 굴레를 벗을 수 있고 쓸 수 있다. 나는 지난 2월과 3월에 걸쳐 굴레를 벗는 일과 쓰는 일을 동시에 겪었다.

지난 2월 제92회 아카데미 시상식에서 한국 영화 〈기생충〉이 작품상을 비롯해 감독상, 각본상, 국제장편영화상을 받았다. 〈기생충〉의 봉준호 감독과 나는 일면식도 없는 타인이다. 그가 언제 나에게 밥 한 끼 사준 적 없고, 나 또

한 그에게 밥 한 끼 대접한 적이 없다. 그런데도 매스컴을 통해 그의 얼굴을 보면 어깨에 힘이 들어가고 기분이 좋아졌다. 그의 창작으로 이룬 세계적인 성과가 나의 굴레를 대신 벗어주었기 때문이다. 창작하는 사람들은 늘 좋은 작품을 만들기 위한 굴레를 쓰고 살아가지만, 타인의 작품을 통해 그 굴레를 벗기도 한다.

3월에 들어서는 '코로나19' 확진자가 전국에 수천 명으로 늘어났다. 코로나19 확진자와 나의 관계도 타인이다. 생면부지의 사람이지만 전염병 확산을 막기 위해 '칩거'라는 굴레를 나에게 씌웠다. 스스로 행동을 조심하여 그 사람들과의 접촉을 피해야 내가 병을 옮지 않고, 내가 옮지 않아야 타인에게 옮기지 않는다. 전염병을 옮은 사람을 생각하면 안타깝기도 하지만, 나쁜 병이 옮을 것 같아 피하고자 하는 타인의 삶을 십분 이해해주길 바랄 수밖에 없다. 이것 역시 전염병 확산을 예방하는 행동 요령이므로….

타인의 의미는 다른 사람이다. 다르다는 뜻은 두 대상을 두고 비교하였을 때 서로 같지 않음을 일컫는다. 서로 같지 않다고 해서 모든 영향의 관계에서 벗어날 수 있을까. 오히려 같지 않기 때문에 더 큰 영향을 미칠지도 모른다. 영향의 관계가 없다고 단정 짓는 삶은 남으로 살아가는 것으로 옳지 않다. 사람과 사람, 나아가 우주 만물과 관계가 없는 남으로 사는 사람은 이기적이다. 설령 절망의 구렁텅이에서 빠져나오기 위한 극한의 삶일지라도 남으로 사는 것을 나는 원치 않는다.

사람과의 관계에서 '우리가 남이냐?'라는 말을 종종 듣는다. 이 말은 우리가 한 지역의 구성원으로서 서로 영향 관계 속에 있다는 의미를 담고 있다. 우리라는 관계 속에서 집합적 정체성이 생기고, 남이 아닌 우리는 저마다 타자로서 관계를 맺는다. 이러한 관계의 삶이 지역이라는 울타리를 넘지 못할 때, 타인의 삶이 아닌 남의 삶을 살게 되는 것이다. 집합적 정체성은 지역을 넘어 범세계적이어야 한다. 남이 되지 않으려면 올바른 가치관을 가진 타인의 삶을 살아야 하지 않을까.

타인의 삶은 인간 세상을 넘어 삼라만상으로 관계가 확장된다. 삼라만상이 사람의 세계관 형성에 마땅히 영향을 주기 때문이다. 푸른 바다 한가운데 작은 섬이 있다. 이 작은 섬이 사람에게 아무런 영향을 미치지 않을까. 삶에 지친 나그네가 그 섬을 바라보고 마음의 위안을 받았다면 섬은 나그네의 자장 속으로 들어온다. 새벽하늘에 떠 있는 별은 우리와 아무런 관계가 없을까. 자식이 잘되길 바라는 어머니가 별을 바라보며 소원을 빈다면 그 별은 소원을 들어주는 성신이 된다. 자연의 삼라만상은 우리와 타자가 아닌 동일자가 될 수 있다.

미물이라고 해서, 타인이라고 해서 우리와 무관한 것은 아니다. 봉준호 감독과 코로나19 확진자는 나에게 타인이지만 그들은 우리의 굴레를 벗게도 하고 씌우기도 했다. 봉준호 감독의 영화와 확진자로부터 전염되는 바이러스를 비롯해 세상에서 내가 타자와 주고받는 관계를 생각해 보면 장자의 물아일체(物我一體)설이 참으로 적절하다. 객관과 주관, 바깥 사물들과 우리, 물질계와 정신계가 어울려 한 몸으로 이루어졌다는 것을 부인하기 어렵다. 그러므로 우리는 우주까지 영향을 미치는 존재임이 확실하다.

사람은 저마다 한 세계관을 갖고 살아가지만, 삼라만상의 처지에서 본다면 사람의 세계관은 오히려 미미하다고 할 수 있겠다. 이렇듯 사람과 사람, 그리고 우주 만물에 대한 관계는 사람이 어떻게 살아야 하는가 하는 길을 알려준다. 우리는 '자신의 삶이 곧 타인의 삶이다'라는 것을 받아들이고 올바른 길을 걷는 삶을 생각해야 한다. 나의 삶속에 타인이 내재하고, 타인의 삶 속에 내가 내재한다. 우리의 삶 속에 우주 만물이 내재하고, 우주 만물의 삶 속에 우리가 내재한다는 인식으로 사는 삶이 진정한 타인의 삶이 아닐까. 2020.04.04.(토)

꽃의 여왕

장미가 아름다운 계절이다. 장미 하면 라이너 마리아 릴케가 생각난다. 릴케는 장미를 키우기도 했을 뿐 아니라 사랑하는 여인에게 장미를 꺾어주려다 가시에 찔려 패혈증으로 죽은 시인이다. 릴케의 묘비에는 "오오, 장미여! 순수한 모순의 꽃, 꽃잎과 꽃잎은 여러 겹으로 겹쳐져 눈꺼풀 같구나. 이제는 누구의 꿈도 아닌 단단한 잠을 꼭 싸고 있구나. 그 가엾음이여!"라고 쓰여 있다. 릴케의 인생은 장미, 그리고 루 살로메를 비롯한 여러 여성과의 인연으로 점철되었다고 해도 무리가 없을 듯하다. 비단 릴케만 장미와 여성을 좋아했을까?

남성이라면 누구나 좋아할 수 있는 것이 장미와 여성이 아닐까 한다. 나 또한 한 여성을 사랑하여 장미꽃 한 아름을 바치고 지금까지 한집에서 살고 있다. 아내는 가끔 스스로를 경단녀(經斷女)라고 칭했다. 경단녀는 '경력 단절 여성'을 줄여 이르는 말이다. 우리말을 사랑하는 사람들이라면 대부분 싫어할 줄임말 신조어다. 싫어도 시대의 변화에 따라 파생한 언어이니 이해를 구해본다.

아내는 1980년대 후반까지 부산의 신발 산업을 이끌었던 어느 회사의 연구실 직원으로 일을 해왔다. 그 당시 대부분의 여성이 그랬듯이 결혼을 앞두고 회사를 그만두었다. 아이 둘을 낳고, 작은 애가 초등학교 갈 때까지 살림하는 전업주부로 살았다. 신랑의 박봉으로 아이 둘을 키우기 힘들 때는 남모르게 친정어머니를 찾아가 손을 벌려 살림에 보태기도 했다고 한다.

출가외인으로 친정어머니에게 마냥 손을 벌릴 수 없는 입장이 되자 아이들 교육비에 보태려고 아내는 일을 찾아 나섰다. 처음 한 일은 위인전 외판원이었다. 이 일을 하며 아내는 단절된 경력을 이었다. 세월이 조금 지나 책을 사줄 만한 사람이 줄어들자 아내는 자연스럽게 일을 그만두었다. 이 일이 교육비에 보탬이 되었는지도 모를 일이었다.

같은 아파트에 사는 이웃의 소개로 선거 부정감시단 일

을 하며 아내는 다시 경력을 이었다. 선거 부정행위를 적발하고 위법사항을 감시하는 일을 수년 동안 해왔지만 선거철에만 일이 있었기 때문에 더 이상 모집에 응하지 않았다.

이후 아내는 초등학교 방과후교실 교사 자격을 갖추어 다시 경력을 이었다. 그 일도 몇 년을 하다가 학교의 형편과 이런저런 사정으로 그만두게 되었다. 시작하고 그만둔 일이 비단 그 일뿐이었겠는가? 자잘한 일자리까지 셈하면 장미 꽃잎보다 적지는 않으리라 생각된다. 하던 일이 없어지고 나서는 일을 하고 싶어도 자리가 없었다. 집에 있는 시간이 많아지자 아내는 우울해하였다. 그 와중에도 일자리를 찾았지만 중년 여성에게까지 돌아갈 일자리는 거의 없었다. 평소 활달한 성격임에도 많이 우울한 것 같았다.

보다 못해 내가 나서서 아내의 일자리를 알아보았다. 마침 친한 후배가 일자리를 소개했다. 마트에서 일하는 사람들을 관리하는 일이었다. 최저시급을 받는 힘든 일이지만 무슨 일이든 하고자 했기에 아내는 즐겁게 일하고 있다. 아내가 우울해하지 않아서 좋다.

아내가 일하기 때문에 피곤한 점도 더러 있다. 앉아 있을 때보다 서 있을 때가 많다며 팔다리를 주물러달라고 할 때도 있고, 퇴근이 늦을 때는 분리수거를 해달라고 할 때도 있다. 집 청소까지 자주 맡겨서 좀 성가시기도 하다. 그래서일까? 아내는 월급을 받으면 나에게 약간의 용돈을 주기도 한다. 우리는 집안일을 조금씩 나눠서 해가며 살아온 셈이다.

아내는 단절된 경력을 장미 꽃잎처럼 겹겹이 겹치면서 살아가고 있다. 아직도 우리나라에는 경력 단절 여성이 몇백만 명이나 된다고 한다. 서글픈 현실이다. 재취업하고자 하는 의지가 있는 여성에게 국가에서 조금만 더 관심 가져 일자리를 확보해 준다면 좀 더 나아지지 않을까? 이 여성들이 가진 우수한 자질을 발휘할 수 있는 일은 무궁무진하다. 내가 근무하는 사무실에도 한때 경단녀였던 분이 있다. 그녀는 어린아이 둘을 키우면서도 탁월한 업무능력을 보이며 자신의 경력을 이어가고 있다.

아름다운 장미의 계절이다. 내가 좋아하는 장미는 꽃의 여왕이다. 여왕으로 불리게 된 이유를 생각해 보면 릴케의 시에서처럼 꽃잎과 꽃잎이 겹으로 겹쳐져 누구의 잠을 꼭 싸고 있기 때문이 아닐까? 가정을 지키기 위해 스스로 경단녀가 된 우리 주위의 많은 여성들처럼…. 릴케의 묘비명을 통해 경단녀를 떠올리는 것이 무슨 까닭인지는 모르겠다. 그 무엇보다 화려한 경력으로 꽃잎을 대신하는 우리나라의 경단녀들이 장미 같다는 생각을 한다. 일을 하고자하는 모든 여성들이 재취업을 할 수 있는 날이 오기를 바라본다. 2020.06.04.(목)

수박은 깨서 먹어야 제맛

 더위를 식힐 겸 수박을 한 통 사와 식탁에 올려두고 칼을 가지러 간다. 그 사이에 수박이 굴러 떨어져 '픽' 하고 깨진다. 망연자실하여 수박을 물끄러미 바라본다. 금이 가 벌어진 틈으로 붉은빛이 도는 물이 흘러나오고 있다. 잠깐 사이에 스스로 깨진 수박은 칼로 쪼개지 말고 그냥 먹으라는 듯 내 얼굴을 빤히 바라보는 것 같다. 그래, 수박을 먹는 데 칼이 왜 필요한가 싶어 깨어진 수박을 들고 거실 바닥으로 자리를 옮긴다. 그리고 신문지 몇 장을 깔고 퍼질러 앉는다.

 어릴 적 아버지는 누에를 키우기 위해 야산을 계단식으로 개간하여 뽕나무를 심었다. 해마다 봄이 오면 뽕나무 사이사이로 가족들이 먹을 만큼 수박을 심고, 아담한 원두막도 지었다. 누에에게 먹일 뽕잎을 따다가 힘이 들 때나 갑자기 소나기가 내릴 때면 원두막에서 수박을 따 먹으며 쉬었다. 수박을 먹을 땐 칼이 필요 없었다. 그냥 주먹으로 내리쳐서 깨어지면 그 사이로 양손을 집어넣어 쪼개면 되었다. 수박 조각이 커 먹기가 어려우면 무르팍에 '탁' 쳐서 분질러 먹으면 되었다. 입가에 수박 물을 묻혀가면서 씹는 둥 마는 둥 삼켜도 세상에 없는 맛이 났다.

나에게 있어 수박 맛은 누가 뭐래도 주먹으로 쳐서 깨어 먹는 맛이다. 과일 중에서 주먹으로 깨어서 먹을 수 있는 과일이 몇이나 되겠는가! 원두막에 앉아 수박을 깨트려 먹는 단물의 그 맛을 어찌 글로 다 표현할 수 있으랴. 이 맛을 수박 맛의 진수라고 해두고 싶다. 먹고 남은 껍질과 씨는 수풀 근처에 모아두었다가 썩혀서 두엄으로 쓰거나 땅을 파서 묻었다. 가을이 올 때쯤이면 수박씨를 묻은 곳에서 싹이 자라 작은 수박을 달고 있는 앙증스러운 모습도 종종 보았다.

중학 시절엔 낙동강변에 난 신작로를 따라 자전거를 타고 통학을 했다. 길 양쪽 들판은 온통 수박밭이었다. 수박의 푸른 잎은 넘실대는 파도처럼 바다를 이루었다. 그 한가운데로 자전거를 타고 갈 때는 바다를 횡단하는 기분이

들었다. 바람을 가르며 자전거 핸들에서 손을 떼고 양팔을 벌려 달리기도 했다. 달리는 시간 속에서 수박은 노란 꽃을 피우고 얼마 지나지 않아 구슬만 한 갈맷빛 예쁜 열매를 달았다. 하루하루 그 열매가 풍선처럼 부풀어 오르는 모습은 무척 아름다웠다.

수박이 어느 정도 자라면 곳곳에 원두막이 지어지고 주인은 거기에서 수박밭을 지키며 수박을 판매하였다. 수박을 사기 위해 길가에 줄지어 서 있는 트럭과 인부들이 맨손으로 수박을 차에 던져 올려 싣는 모습은 곡마단의 곡예사들이 아슬아슬하게 공연하는 것처럼 신기해 보였다. 어쩌다 친구들이랑 어울려 수박을 사 먹을 때는 원두막에 앉아 낙동강을 바라보며 흘러가는 강물이 도착하는 그 어딘가를 생각하며 상상의 나래를 펴기도 했다.

그러한 기억들은 나에게 한 폭의 그림처럼 남아 있다. 유년 시절 고향의 풍경으로 내 마음자리에 고이 접어두고 있다가 수박을 먹을 때면 한번씩 꺼내 펼쳐보기도 한다. 세월이 흘러 나는 결혼을 하게 되었고, 처가에서는 수박 농사를 짓고 있었다. 수박과의 인연은 공교롭게 또 이렇게 이어졌다. 겨울에는 비닐하우스에서, 여름에는 노지에서 일 년 내내 수박 농사를 지었다. 처가에 들러 수박밭으로 나가면 수박 덩굴의 푸른빛이 내 마음을 얼마나 평화롭게 했는지 모른다.

신혼 초 아내가 아이를 가져 나 혼자 처가에 내려갔을 때 장모님은 커다란 수박 두 덩이를 따 스포츠 가방에 넣어주셨다. 그걸 메고 완행버스를 타고 집에 도착해 보니 어깨에 피멍이 맺혀 있었던 일, 생일을 맞이하여 장모님이 그 너른 수박밭에서 제일 실한 놈을 따와 반으로 잘라 그 위에 커다란 초를 꽂아 생일 축하를 해주셨던 일, 술을 좋아하기 때문에 수박에다 소주를 부어 마셨던 일 등은 지금도 잊을 수가 없다.

수박은 많은 과일 중에 내가 제일 좋아하는 과일이다. 맛도 좋고 건강에도 좋지만, 돌아가신 나의 아버지와 장모님의 따뜻한 정도 느끼게 해준다. 가만히 간직한 이 정은 변하지도 않는다. 아내는 요즘도 마트에 가면 그 무거운 수박을 잊지 않고 사 온다. 내가 잠을 자다가도 수박을 먹으라면 일어난다는 사실을 알고 있기 때문이리라.

나는 지금 깔아놓은 신문지 위로 불그스름한 수박 물을 뚝뚝 떨어뜨리며 깨어진 수박을 먹고 있다. 옛날 원두막에서 먹던 그때의 맛을 그리며 수박을 먹고 있다. 포만감을 느끼며 행복한 순간을 만끽하면서 더위를 식히고 있

다. 한 번쯤 퍼질러 앉아 주먹을 불끈 쥐고 내리치는 수박
(手搏)으로 수박을 깨어 먹으며 더위를 식혀보길 권한다.
2020.08.06.(목)

애증의 대명사 쥐

쥐의 해 첫 햇귀를 본 지가 엊그제 같은데 벌써 한 해가 저물어간다.

나이에 비례하여 하늘의 구름도 빨리 지나가고 불어오는 바람도 빠른 감이 든다. 세상사 나의 주변은 세월만큼 빠르게 쥐가 줄어들고 고양이가 늘어나 있다. 왜일까? 쥐가 사람에게 나쁜 동물로 학습되어 있기 때문은 아닐까? 학습의 효과는 지속적인 교육으로 말미암아 사회 변화가 이루어짐을 일컫는다. 느끼지 못하지만 우리는 지금도 학습에 의하여 서서히 변하고 있다.

어릴 적 쥐에 대한 학습은 곡식을 훔쳐 먹으며 병원균을 옮겨 인간에게는 이롭지 못한 동물로만 가르침을 받았다. 그뿐인가. 나쁜 사람을 가리켜 "쥐새끼 같은 놈"이라 하여 쥐에 비유하기도 한다. 쥐가 생태계에서 차상위인 구렁이와 솔개 등의 먹이가 된다는 사실은 커가면서 알았다. 구렁이가 돌담 아래에서 쥐를 집어삼키는 모습과 솔개가 파란 하늘 위를 빙빙 돌다가 짚북데기 속의 쥐를 채가는 장면을 종종 보면서 자랐기 때문이다.

내가 어릴 적에는 쥐가 아주 많았다. 겨울이면 방 안의 천장에서 같이 살아갈 정도였으니 말해 무엇을 할까. 그러니 쥐가 성가시고 밉기도 하였으리라. 이러한 연유로 대대적인 쥐잡기 운동이 일어나 마구잡이로 쥐를 잡았다. 그것도 모자라 천적인 고양이를 길러 쥐를 잡게 하여 이제는 쥐를 보기가 힘든 세상이 되어간다. 상대적으로 길고양이는 늘어나 옛날의 쥐만큼 눈에 많이 띄며 자동차 바퀴에 치여 죽어 있는 끔찍한 광경도 자주 본다.

자라는 아이들에게 쥐가 어떻게 생긴 동물인지 물으면 제대로 대답할 아이가 없는 날이 얼마 남지 않은 것 같다. 그야말로 귀한 몸이 되어 멸종위기 동물로 등재될 날이 오지 않을까 하는 짐작도 해본다. 이러한 생각이 비약일까? 돌이켜보았을 때 옛날에 많았던 늑대는 가축과 사람을 해친다고 가르쳐 사람들이 서식지를 파괴하고 무분별하게 포획, 살상하여 현재는 멸종위기 동물이 되었다. 종의 개체 수가 일정 수준으로 유지되지 않고 회복 불가능할 정도로 줄어들면 순식간에 멸종위기 동물이 되어버린다. 인구도 마찬가지다.

갈수록 쥐를 보기 힘든 이유는 늑대처럼 쥐에 대해 좋지 않은 학습효과가 나타났기 때문이라고 본다. 지금도 예전과 다름없이 나쁜 동물인 전염병의 숙주에 중점을 두어 가르치고 있는 것 같다. 전염병 예방을 위해 쥐를 박멸하는 것만이 좋은 방법은 아닐 것이다. 지혜롭게 대안을 찾아야 한다. 쥐를 잡아먹고 사는 동물들이 먹이가 부족하여 개체 수가 줄어든다면 생태계 파괴가 일어나는 것은 뻔한 사실로 드러난다.

쥐가 생태계에서 최고로 이로운 동물임을 우리는 알아야 한다. 편향된 학습은 세상의 이치를 거스른다. 세상의 이치는 동전의 양면 같아서 좋은 점과 나쁜 점이 늘 공존한다. 좋은 점과 나쁜 점의 구별은 보는 사람과 사물의 입장에 따라서 정리된다. 절대적인 것은 없다. 고정 관념으로 눈에 보이는 것만 보지 말고, 넓은 시야로 보이지 않는 새로운 것을 보는 현명한 사람이 되면 좋겠다.

쥐가 주는 나쁜 점보다는 좋은 점을 살펴보자. 쥐는 십이지의 으뜸인 동물로 부지런하고 지혜가 많다. 무엇보다도 쥐는 다산의 동물이다. 많은 새끼를 키우기 위해 볼 속에 먹이를 볼록하게 넣어 집으로 가는 모정은 떠올리기만 해도 아름답다. 십이지에서 쥐는 한자로 자식의 '子'를 쓰는데 부모가 낳은 자식들처럼 소중하고 귀하다는 의미가 부여된 것이다. 쥐의 좋은 점을 가르치고 학습하였다면 지금에 와서 아이를 많이 낳자는 외침은 덜할 수도 있었겠다.

이 밖에도 쥐는 사람에게 큰 이로움을 준다. 예를 들면 연구소에서는 생물학적으로 사람과 흡사한 흰쥐를 이용하여 인간의 질병을 밝히는 각종 실험을 한다. 이는 인류 발전과 생명 연장에 크게 이바지하고 있다. 현재 유행하는 새로운 유형의 호흡기 감염 질환인 코로나19 백신 개발에도 흰쥐가 실험용 동물로 희생된다. 인간을 위한 이런 쥐의 희생을 가벼이 넘겨서는 안 된다. 나아가 문학의 소재로도 많이 채택되어 우리에게 많은 교훈을 준다. '혼쥐'라는 설화와 쥐에 관한 시 등이 있다.

떠오르는 시 중에서 우리가 한 번쯤은 보았음 직한 풍경을 그린 최영숙 시인의 시 「쥐의 입」 부분을 소개해 본다. '어느 환한 날 툇마루 마당귀/그때 본 너의 입/널어놓은 호박씨를 오므려 먹던/반들반들 새까만 몸피에/눈이 마주

쳐도 빤―하던/(네가 보기에 무슨/확대된 호박씨?)/호박씨 잠시 호흡 멈추었음/가지 말고 계속 먹으시압/그랬더니//다시 올까?/많이 먹지도 않는 조그만 입/오호라, 너'

　시골 툇마루 마당귀에 널어 둔 호박씨를 조그만 입으로 까먹는 쥐와 시인의 눈이 우연히 마주친 장면 같다. 그 순간 잠시 정적이 흐르고 시인은 계속 까먹길 바랐으나 쥐는 도망가고 없는 한가로운 풍경이 연출된다. 많이 먹지도 않는 앙증맞은 조그만 입이 큰 여운을 남긴다. 내년 농사를 대비해 호박씨를 말리는 것인데 이를 까먹는 쥐가 미울 법도 하다. 그러나 시인은 그런 마음이 전혀 없다. 오히려 다시 와 까먹길 바라는 마음이다. 모든 사람의 심성이 이랬으면 좋겠다.

　우리네 삶에는 '애증'이라는 말이 있다. 사랑과 미움을 아우를 때 쓰는 말이다. 쥐라는 동물이 애증의 대명사 같기도 하다. 얄밉기도 하지만 사랑스러운 동물인 것이다. 예전엔 미움 쪽으로 학습이 치우쳤다면 이제부터는 사랑 쪽으로 생각을 돌려 공평한 학습을 하였으면 한다. 쥐에 관한 공평한 학습효과가 서서히 나타날 때까지 애를 써 바람직한 변화를 가져와야 하지 않을까?

　경자년(庚子年) 흰쥐의 해가 아쉬움을 남기고 저물어간

다. 풍요를 상징하는 흰쥐로 말미암아 올해는 넉넉한 살림을 이루길 바랐다. 하지만 바람과는 달리 코로나19와 기상이변 등으로 힘든 한 해가 되고 말았다. 살다 보면 늘 풍요롭지는 않다. 오르막이 있으면 내리막이 있고, 애증처럼 사랑이 있으면 미움도 있다. 이에 힘들게 한 해를 살아온 사람들의 노고를 높이 사며 사족으로 쥐띠의 파이팅도 외쳐본다. 2020.10.07.(수)

반의반

세상을 살다 보면 부모님이 그리울 때가 있다. "부모님께서 베풀어주신 사랑의 반의반만 보답할 수 있다면 나는 소원이 없겠다"라고 했을 때 이 소원은 이룰 수 없는 소원이다. 그저 내 마음 달래고자 괜스레 넋두리로 하는 말인지도 모른다. 나를 배 아파 낳고 길러주신 부모님은 오래전 땅보탬이 되셨다.

나의 생일은 한여름에 들어 있다. 생일이 오면 염천의 더위에 나를 낳아주신 어머니 생각으로 가슴이 아린다. 이날은 나를 세상에 태어나게 해주신 부모님의 감사함을 제일 많이 피부로 느끼는 날이다. 무더위 중의 어느 날 아침 밥상에 팥이 들어간 밥과 미역국이 올라오면 오늘이 내 생일인가 보다 하였다. 자라면서 어머니는 잊지 않고 내 생일을 챙겨주셨다. 결혼하고부터 아내가 생일을 챙겨주었고 언제부턴가 장성한 아이들이 함께 생일을 챙겨준다.

이순을 바라보는 올해에 들어서는 딸인 큰아이는 직장을 구해 독립하였고, 아들인 작은아이도 대학을 졸업하고 집과 가까운 곳에 직장을 구했다. 둘 다 잘 성장하여 경제적인 짐과 여러 가지 마음의 부담을 많이 덜어버린 해다. 이런 뜻깊은 해에도 봄이 지나고 어김없이 무더운 여름이 와 생일은 다가왔다.

며칠 전부터 아내와 아이들은 내 생일을 위해 약속을 조정하고 시간을 잡아 무엇을 준비할 것인가를 서로 의논하는 눈치였다. 아내는 생일상을 차리고 아들은 케이크와 와인을 사고 딸은 선물을 준비하는 모양이었다. 이는 다른 여느 집과도 다름없어 보였지만 모른 척 지켜보는 나는 기분이 좋을 수밖에 없었다.

생일날 저녁에 정성이 담긴 생일상이 차려지고 케이크에는 아름다운 촛불이 켜졌다. 가족들이 둘러앉아 음식도 나누어 먹고 이런저런 이야기를 하며 와인도 한잔했다. 밤이 이슥하여 생일 축하가 끝날 즈음에 딸아이가 "아빠 선물" 하면서 예쁜 봉투를 건네주며 쑥스러운 듯 "아빠 나중에 혼자 꺼내 보세요" 한다. 아이들은 어버이날이나 생일

때에 선물 살 용돈이 없으면 가끔 감사의 마음을 담은 편지를 주곤 했다.

편지를 받아서는 잠이 없는 새벽에 일어나 열어볼 참으로 거실에 아무렇게나 쌓아둔 책더미 위에 올려두고 잠에 들었다. 새벽에 일어나 거실로 나와 봉투를 열어보았다. 봉투에는 두 장의 편지지에 깨알 같은 글씨로 편지가 쓰여 있고 적지 않은 용돈이 들어 있었다. 편지를 차분히 읽는데 가슴이 찡하였다.

편지에는 생일을 축하드린다는 것을 서두로 세상에 태어나게 해줘서 고맙고 지금까지 잘 키워줘서 감사하다는 말과 함께 커오면서 나와 같이 했던 일들이 세세하게 기록되어 있었다. 유치원 입학부터 독립할 때까지의 일로 대부분 내가 기억하는 일이지만 기억하지 못하는 일도 몇몇 있었다. 다 잊은 줄 알았던 일들을 딸아이는 기억의 보따리 속에 차곡차곡 담아 두었다가 풀어놓은 것 같았다. 아이들이 언제 이렇게 커버렸나 하는 생각과 나이가 듦을 실감케 했다.

나는 뒷바라지가 변변치 못했음에도 성장하면서 함께한 일들을 기억하고 바르게 자라준 아이가 더 고마웠다. 고마운 마음에 답장을 쓰지 않을 수 없어 펜을 들었다. 생일 축하해 줘서 고맙고 직장 생활이 힘들지 않으냐며 물었다. 거기에 아빠는 늘 딸을 응원하며 가족 모두 두루두루 건강하게 살자는 말을 썼다. 그리고 모자라는 용돈에 보태라며 받은 용돈의 절반과 함께 봉투에 넣어 아침잠을 자는 딸아이의 책상 위에 올려두고 등산을 다녀왔다.

땅거미가 질 무렵 딸아이의 직장이 있는 거처로 바래다주고 오는 차 안에서 아내가 말했다. "애한테 편지 썼어요? 그걸 읽어보고 눈물을 글썽이는 것 같던데"한다. 그러면서 내가 돌려준 용돈의 절반을 도로 아빠 드리라며 자기에게 맡겨놓고 갔단다. 이 말을 듣는데 또다시 가슴이 울컥하여 눈앞이 흐려졌다. 나는 아내 보기가 민망하여 괜히 자동차의 앞 유리창이 흐리다며 물을 뿜으며 와이퍼로 닦아내고 있었다.

내가 돌려준 용돈의 절반을 다시 받을 줄은 상상도 못했다. 반의반을 다시 받은 셈인데 전체에서 보면 큰 부분은 아니다. 용돈의 금액으로 봐서도 큰 금액은 아니었다. 하지만 그 어떤 돈보다 큰 의미로 다가옴은 왜일까? 용돈을 받아서 그랬다기보다는 아빠를 위하는 딸아이의 속 깊은 마음을 읽었기 때문은 아닐까?

예를 들면 우리는 가끔 "너는 형의 반의반만 해도 좋을 텐데"하는 말을 한다. 여기에서 반의반이 주는 의미는 크다. 반의반이지만 좋다는 의미 전체가 포함되어 있다. 딸아이가 객지에서 직장 생활을 하면서 자기가 쓸 용돈을 줄여 나에게 조금이라도 더 주고자 하는 그 마음이 내게는 좋게 다가온 이유이기도 하리라. 부모로서 느끼는 최고의 행복은 이런 것이지 싶다.

나도 한때는 부모님의 자식이었고, 지금은 자식들의 아버지가 되어 있다. 이 일로 하여 내가 자식일 때 부모님께 얼마만큼의 기쁨을 드렸던가 하고 한 번 더 돌이켜 보게도 했다. 나는 부모님께 생신 선물을 제대로 해준 기억이 별로 없다. 생신 선물은 고사하고 철없이 세상에 왜 태어나게 했냐고 대든 기억만 선명하다.

고등학교 갓 입학한 후의 일이다. 몇 가지 준비물을 사기 위하여 어머니께 돈을 요구하였으나 여러 사정으로 어머니는 주지를 못했다. 그래서 화가 나 "자식 교육도 제대로 못 시킬 거면서 왜 낳았냐"라며 아침 등굣길에서 어머니께 달려든 기억이 있다. 어머니의 마음에 대못을 박은 불효의 기억은 지금까지 나의 가슴을 아프게 한다.

그러나 어머니는 이 일 이후에도 나의 잘못은 모두 잊어버린 채 내 생일만 되면 내가 어디에 있든 내가 있는 곳으로 찾아와 생일 밥을 해주시고 가셨다. 염천의 더위에 낳은 것도 모자라 무슨 죄를 지은 사람처럼……. 올해는 유례없는 긴 장마와 늦더위가 기승을 부려 어머니가 더 보고 싶다.

　나는 부모님께서 베풀어주신 사랑의 반의반만 보답할 수 있다면 소원이 없겠다. 애를 태우지 않는 것은 물론이고, 내 손으로 생신상도 차려드리고, 여행도 보내드리고, 용돈도 두둑이 드리고 싶다. 하지만 부모님은 기다려주지 않고 땅보탬이 되셨다. 이와 반대로 내 생일에는 자식으로부터 가슴 찡한 반의반 선물을 받았다. 이 일이 부모님이 나를 세상에 태어나게 해줘서 그런 것을 생각한다면 부모님이 그리워지지 않을 수는 없다. 2020.10.07.(수)

친구 집 다녀오는 길

　요즘은 세상 풍파에 갈피를 못 잡아 울적한 심정이다. 마음 달래는 데는 걷는 게 좋을 것 같아 저녁을 먹고 친구 집으로 향한다. 가을바람이 솔솔 불어 준다면 기분이 한층 나아지리라.

　김수로왕릉 뒤쪽에 있는 친구 범지의 집은 서예 서실을 겸하고 있다. 걸어가면 반 시간 남짓 걸린다. 거북공원 가로등 불빛 은은한 시내를 벗어나 호젓한 우리 동네 숲길을 지나면 봉황교가 나온다. 다리 위에서 아래를 굽어보니 해반천에는 맑은 냇물이 흐르고, 가장자리에는 갈대와 마름과 어리연꽃 등 수초가 물속에 뿌리를 내려 군락을 이루고 있다. 나는 이런 군락이 외롭지 않을 것 같아 좋다.

　다리 위에서 물속을 가만히 보고 있노라면 팔뚝보다 큰

잉어 몇 마리가 흙탕물을 일으키며 유유히 헤엄친다. 보기 드문 한가로운 풍경이 울적함을 적잖이 달래준다. 고개를 들어보니 해반천을 따라 달리는 경전철 안에는 승객 몇이 의자에 앉아 졸고 있는 모습도 보인다. 하루를 마무리하고 고단한 몸으로 가족들이 기다리는 집으로 돌아가는 길일 것이다.

가던 발길을 이어 다리를 건너면 김해도서관이 나온다. 도서관을 지나 샛길로 접어들면 수릉원이다. 공원에는 외국인 근로자들이 삼삼오오 모여 운동을 하고 있다. 가장자리 벤치 곳곳에 쓸쓸하게 홀로 앉아 있는 사람도 볼 수 있다. 두고 온 고향과 가족들이 그리운 것일까? 삶이 힘든 것일까? 여러 가지 생각을 하다가 그만 내려놓는다.

풀벌레 소리 들으며 수릉원을 가로질러 조금 더 가면 친구 집이 보인다. 집에 들어서면 정원의 오죽과 공작단풍나무가 고개를 숙여 나를 반긴다. 아무런 기별도 없이 찾아온 나를 보고 친구는 그냥 부처 같은 미소를 지어 보인다. 서실 의자에 앉으니 친구가 녹차를 내온다. 하동에 있는 지인이 보내온 우전차를 개봉했다며 서실에서 공부하는 사람들에게도 한 잔씩 두루 따라 건넨다. 차의 맑은 향기가 나에게 생기를 불어넣는다.

서실에는 친구에게 서예를 배우는 몇 사람이 글을 쓰고 있다. 그중에 친구 같은 후배 도연 선생도 보인다. 셋은 이런저런 안부를 묻다가 뜻이 맞아 소주 한잔할 수 있는 곳으로 자리를 옮긴다. 수로왕릉 돌담길을 따라 오일장이 서는 시장을 지나 상가 안의 횟집으로 간다. 소주를 마시며 이런저런 이야기를 나눈다. 우리는 주로 옛날 서화가의 글과 그림에 대한 이야기를 많이 하는 편이다. 담소를 나누다 보면 시간은 금방 지나간다. 취기가 오른 불콰한 얼굴로 횟집을 나오면 중천에는 달이 휘영청 밝게 떠 있다. 우리는 달빛 아래에서 헤어져 각자의 집으로 향한다.

　나는 곧장 집으로 가지 않고 에둘러 대성동 고분군으로 나 있는 길을 따라간다. 고분군을 오르다 보면 중턱에는 커다란 포구나무 고목 두 그루가 묵묵히 서 있다. 고목 아래에 서서 경외하는 마음으로 우러러보다가 팔을 벌려 쓱 한번 안아보고 다시 고분군을 오른다. 어릴 적 뛰어놀던 뒷동산 같은 고분군은 짙은 향수를 불러일으킨다. 가끔 고분군 위에서 연을 날리는 아이들을 볼 수 있다. 나는 나이가 들어서도 어릴 적 추억이 그리워 아이들처럼 연을 날려본 적이 있다.

고분군 정상에 있는 널따란 바위에 걸터앉아본다. 목서 꽃향기를 실은 향긋한 가을바람이 불어온다. 하늘에는 밝은 달빛 때문인지 드문드문 숨어서 반짝이는 별이 운치를 더한다. 잠시 앉아 있다가 고분군을 내려와 고분박물관 앞을 지나 해반천으로 간다. 이번엔 징검다리를 건너야 한다. 징검다리를 건너다보니 수북한 수초 사이로 왜가리 한 마리가 외로이 먹이를 찾고 있다. 고고한 자태가 고와 휴대폰을 꺼내 가까이 가서 사진을 찍어도 날아가질 않는다. 잔잔히 흐르는 물에 물고기가 달아날까 봐 한발, 한발 걷는 모습이 가만하다.

해반천을 건너 다시 우리 동네 숲길로 들어서면 갈 때와는 달리 호젓함을 넘어 적막하다. 하지만 조금 어둑한 숲길은 나에게 쾌적함을 준다. 가슴을 펴 심호흡을 해본다. 몇 번의 심호흡에 날아갈 것 같은 기분이 든다. 숲길을 나와 거북공원 가로등 불빛에 화려한 은행나무를 따라 걷다보면 어느새 내가 사는 아파트가 나를 반긴다.

지난여름은 코로나19와 기상이변 등 세상 풍파에 유난히 울적했다. 울적한 만큼 마음도 지치고 힘들었다. 울적한 마음을 친구를 만나 풀어본 하루다. 『논어(論語)』 첫 장에 有朋自遠方來 不亦樂乎(유붕자원방래 불역락호)라

했다. 이 가을에 한 번쯤 누군가의 유붕(有朋)이 되는 것
도 그리 나쁘지 않으리라는 생각을 조심스레 해본다.
2020.10.15.(목)

낙동강은 흐른다

고향에 가면 아버지가 올랐던 뒷산 마루에 올라 낙동강을 바라본다. 내 유년의 기억 속에는 낙동강 물줄기가 유유히 흐르고 모래언덕처럼 무너진 아버지의 가슴이 있다.

강변 너른 들판 가운데 긴 머리를 감은 처녀같이 능수버들 한 그루가 외로이 서 있었다. 능수버들을 중심으로 아버지 소유의 하천부지가 수천 평 있고, 그 너머로 낙동강 물줄기가 흐르고 있었다. 이 밭은 할아버지가 유산으로 물려준 것으로 가족들이 일하고 삶을 사는 터전이었다.

밭에는 주로 보리농사를 지었다. 가을이면 아버지는 야윈 몸으로 신성한 의식처럼 보리씨를 뿌렸다. 보리는 무서리가 땅에 깔리는 겨울의 초입에 이르러 파릇파릇 새싹이 돋았다. 그때쯤이면 추운 시베리아 벌판에 살던 기러기들이 날아와 낙동강과 우포늪을 오가며 높은음자리로 아름다운 합창을 불렀다. 기러기들은 낙동강 보리밭에서 보리싹을 뜯어 먹고 우포늪 물고기를 잡아먹으며 겨울을 나고 돌아갔다. 기러기가 뜯어 먹고 남은 보리는 새봄이 오면 청청하게 자라 초록의 들판을 이루었다.

두어 달 건너 보릿고개라 불리는 보리누름 철이 되면 아버지는 마을 뒷산 마루에 올라 그 넉넉한 풍경을 바라보며 흐뭇해하였다. 봄의 태양은 하천부지 보리밭을 살찌우기에 충분했고, 풍년의 희망을 주기에 모자람이 없었다. 새빨간 석류꽃 피는 여름이 오면 우리 식구들은 잘 여문 보리 수확에 매달렸다. 뙤약볕에 아버지와 형은 낫으로 보리를 베고 어머니와 누나는 보릿단을 묶었다. 나는 주전자를 들고 물심부름이나 막걸리 심부름을 했다.

밭의 서쪽 지척에 깎아지른 모래언덕이 있고 그 아래로 맑고 깨끗한 낙동강 물이 소용돌이치며 흐르고 있었다. 모래언덕을 조심조심 내려가 양은주전자에 물을 떠와 목마르면 그냥 들이켜고 숫돌에 낫을 가는 데 사용했다. 물을 뜰 때 발을 잘못 디뎌 미끄러지기라도 하면 강물에 빠져 물귀신이 되는 위험한 심부름이었다. 지금 생각해 보면 아찔하다.

이와 달리 막걸리 심부름은 동쪽으로 에움길을 따라 마을 뒷산을 넘어 점방으로 갔다. 점방에서 막걸리를 사서 돌아갈 때는 목이 말라 조금씩 마시기도 했다. 강바람에 사운거리는 누런 보리밭 샛길로 접어들면 취기가 올라 길을 잃어버려 들 가운데 서 있는 능수버들을 이정표 삼아 찾아갔다. 술에 취한 듯 햇볕에 익은 듯 달아오른 얼굴로 다다르면 땀 흘리고 일하던 아버지는 나보다 막걸리 주전자를 반기는 듯하였다.

　후텁지근한 한낮 점심에는 가족들이 능수버들 그늘에 둘러앉아 함지박에 모둠밥을 가득 담아 푸성귀와 고추장을 넣어 비벼 먹었다. 배가 불러 졸음이 오면 선선한 하늬바람을 맞으며 보드라운 모래 위에서 낮잠을 잤다. 낮곁을 지나 버들의 그림자가 길어지면 잠자리에서 일어나 해껏 일을 했다. 강 너머로 저녁노을이 붉게 물드는 해넘이에 맞춰 묶어둔 보릿단을 낟가리로 쌓아두고 어둠별이 뜨면 집으로 돌아왔다.

　이튿날 해 뜰 참에 다시 들로 나가 쌓아둔 낟가리를 지게에 져 나르고 길마와 옹구를 소등에 얹혀 그곳에 담아 집으로 운반했다. 그렇게 거둬들인 보리는 타작하여 먹을 만큼만 남겨두고 나머지는 수매로 살림에 보탰다. 낙동강의 하천부지는 우리에게 없어서는 안 될 소중한 농토였다.

하지만 이런 태평한 세월이 마냥 되풀이되지는 않았다. 어느 해인가 이태에 걸쳐 이른 장마에 홍수가 들어 채 익지도 못한 보리밭을 흙탕물이 싹 쓸어가 버렸다. 아버지는 뒷산 마루에서 그 광경을 지켜보고 하늘을 원망하며 살아갈 일을 걱정하였다. 여기에 더하여 거센 홍수의 물줄기가 낙동강의 모래언덕을 계속 무너뜨려 얼마 지나지 않아 우리 밭이 유실될 지경에 이르렀다.

아버지는 이 일로 며칠을 앓아눕고 급기야 땅을 팔기로 하였다. 때마침 유실의 우려에도 사고자 하는 임자가 나타나 땅을 헐값에 팔아넘겼다. 가장으로서 물려받은 질땅을 간수하지 못하고 팔아야 했던 아버지의 심정은 오죽했으랴 싶다. 이렇게 삶의 터전을 잃어버린 아버지는 실의에 빠져 가난한 생계를 꾸리다가 지명지년의 중반에 쓸쓸히 돌아가셨다.

반면에 나의 할아버지는 낙동강으로 인해 덕망 있는 부자로 살았다고 했다. 해마다 홍수가 잦아 남들이 거들떠보지도 않는 하천부지를 부지런히 개간하여 온 들판에 피를 파종하였다. 그 해엔 하늘의 도움으로 홍수가 나지 않아 대풍을 이뤄 부자가 되었으며 이를 가난한 사람들과 나누었다고 했다. 이렇듯 강은 할아버지께 풍요를 주었고 아버지께 가난을 주었기에 다음 세대인 나는 마음이 풍요로운 부자라는 생각이 든다.

　고향에 가면 아버지가 올랐던 뒷산 마루에 올라 낙동강을 바라본다. 강물은 세상 아무 일 없었다는 듯 보리밭이었던 자리 한가운데를 흐르고 있다. 색즉시공공즉시색(色卽是空空卽是色)이라 했던가! 참으로 무상한 강이다. 자연의 섭리 앞에 가슴이 무너져 남들보다 일찍 땅보탬이 된 아버지를 그리워하며 오늘도 온화한 하루를 살아간다.
2020.11.25.(수)

2부

혼자 하는 취미생활

주말이 기다려진다. 주말엔 직장생활에서 벗어나 나만의 취미생활을 즐길 수 있기 때문이다. 주말 오후엔 가벼운 마음으로 골동품 가게를 찾아간다. 어느 순간부터 나도 모르는 버릇처럼 돼 버렸다. 차를 몰고 가면 몇십 분이면 도착한다. 짧은 시간이지만 차창 밖으로 펼쳐진 시골 풍경과 철 따라 변하는 산을 바라보며 여유를 즐긴다.

골동품 가게는 나에게 푸근함을 준다. 앞마당에는 오래돼 이끼 긴 석물이 묵묵히 팔려 갈 꿈을 꾼다. 햇빛과 비바람을 얼마나 맞았으면 저런 아름다운 이끼가 앉을까. 고태의 멋이 서려 있다. 전시된 돌절구와 맷돌 등을 둘러보고 가게 안으로 들어서면 선한 인상의 주인장이 나를 맞아준다.

가게 안에는 옛날 반닫이와 궤짝이 많이 있고 도자기와 온갖 민속품이 전시돼 있다. 오래된 물건이라서 그런지 괜히 마음이 숙연해진다. 온고이지신(溫故而知新)이라 했던가. 옛 선조가 사용한 물건에서 뜻 모를 정감과 생활의 지혜를 발견한다. 옛날 물건에서 '옛날'이라는 의미는 오래돼 숨어버린 진실을 말하는 것은 아닐까? 진실을 찾을 때마다 새롭고 오래 볼수록 명상에 들게 한다. 이런 물건을 사용한 사람을 그려보고 물건에 담긴 사연도 상상으로 짚어본다.

골동품에 묻어나는 흘러간 세월은 인간사 생로병사(生老病死)와 걸음을 같이한다. 골동품이 보내야 하는 세월은 인간이 보내야 하는 세월과 다르지 않은 것이다. 삶을 살다 보면 누군가 애지중지 아끼던 물건도 어느 순간 그의 손을 떠나 다른 이의 손으로 옮겨가 사랑을 받기도 하고 버려지기도 하고 때로는 생을 마감하기도 한다. 영원한 자기 소유의 물건은 없다고 보면 마음은 한결 너그러워진다. 골동품 가게는 이렇듯 나의 물욕을 되돌아보게 하는 곳이기도 하다.

그러나 나에게는 아직도 내려놓지 못한 것이 있다. 취미 생활에서 비롯된 수집벽과 집착이다. 나는 고서화를 좋아

한다. 내가 주말을 기다리는 진짜 이유는 여기에 있다. 용
돈을 모아 마음에 드는 고서화 한 점을 사는 것은 나에게
큰 기쁨이다. 여력이 없어 사지 못했을 때는 그림이 눈에
아른거려 밤잠을 설치기도 한다.

골동품 가게에는 고서화 전시장이 별도로 마련돼 있다.
거기서 그림을 바라보고 있으면 그림 속으로 빨려 들어가
는 기분이 든다. 풍경화를 보면 수려한 산이 우뚝우뚝 솟
아 안개에 싸여 있고 그 아래로 강물이 유유히 흐른다. 강
의 중간에는 기암괴석이 한자리를 차지해 멋을 부린다. 강
가에는 버드나무가 조용히 바람에 휘날린다. 버드나무 그
늘에 조각배를 띄워놓고 낚시하는 신선을 보면 마치 내가
신선이 된 기분이 든다.

신선이 드리운 낚시에는 바늘이 없다던데 정말로 바늘
이 없을까, 나도 신선처럼 살 수 있을까, 강물 속 보이지
않는 물고기는 얼마나 클까, 새는 어디로 날아가 버리고
이 그림에는 없을까, 신선은 배 위에서 별을 보며 잠을 자
겠지 하는 생각 등으로 그림 속에서 놀 수 있으니 얼마나
행복한가. 어떤 때는 나도 그림을 그려보고 싶다는 충동이
일어 수묵으로 그려보기도 한다. 그리다 보면 삼매(三昧)에
들어 시간은 저만치 멀리 가 있다. 그림을 잘 그리고 못 그

리는 것은 중요하지 않다. 내가 고서화에 집착하는 것도 이런 이유 때문인가 보다.

집착은 가끔 부작용을 가져오기도 한다. 그림이 마음에 들어 샀는데 짝퉁으로 밝혀지는 경우다. 그럴 땐 속상하지만 그림 보는 공부가 덜돼 생긴 일이니 배우는 과정에서 수업료를 낸 셈 치고 마음을 추스른다. 새로운 것을 알아가는 데에는 대가가 따르기 마련이다. 그렇다면 속아봄으로써 알게 되는 것에 참뜻을 두는 게 마땅하지 않을까? 취미생활을 즐기는 것은 좋지만 과도한 집착은 몸과 마음에 상처를 줄 수 있기에 경계해야 하겠다.

예전에 나는 야생화를 좋아해 산으로 들로 꽃집으로 쏘다녔다. 아파트 베란다에는 여전히 야생화가 가득하다. 그랬던 내가 언제부터 고서화에 매료되었는지는 분명찮다. 언젠가는 그동안 수집한 고서화 전시회를 열고자 하는 꿈도 갖고 있다. 꿈이 이루어졌을 때 이 물욕도 내려놓아야 하겠지만….

누군가가 나에게 직장생활에서 벗어나 마음을 편안하게 하는 것이 무엇인가를 묻는다면 취미생활이라고 대답하겠다. 취미에는 혼자 하는 것과 여럿이 어울려 하는 것이 있다. 지금은 언택트 시대다. 여럿이 하는 취미활동도 좋

겠지만, 혼자 하는 취미생활로 코로나에 지친 마음을 달래
면 어떨까. 2020.12.17.(목)

창밖 풍경을 바라보며

창밖을 물끄러미 바라보는 시간이 많아졌다. 코로나 때문에 바깥 활동을 자제한 탓이리라. 창밖을 바라보면 파란 하늘이 보이고 하늘에는 밝은 태양이 떠 있다. 창밖 풍경에서 제일 먼저 눈에 들어오는 파란 하늘은 사람의 마음 같다. 마음이 심란할 때 하늘을 바라보면서 나는 마음의 안정을 찾는다. 마음이 마음을 위로하듯 하늘은 나의 마음을 편안하게 한다. 하늘은 어머니 품 같아서 우리는 하늘을 올려다보며 위로받는지도 모른다.

하늘에 떠 있는 태양은 우리에겐 희망이다. 새해에 떠오르는 태양을 보며 우리는 소원을 빌기도 하는데 올해는 그마저도 하지 못해 아쉽지만 내일의 해는 내일 다시 떠오르기에 아쉬움을 뒤로 할 수 있다. 가만히 보면 태양은 참

부지런하다. 눈에 띄지 않게 그림자를 조금씩 옮기며 골고루 빛을 주는 평등함이 한결같다. 태양의 빛은 모든 생명의 원천이다. 그 빛으로 해서 창가에서 따뜻함을 느끼고 봄에 피어나는 푸른 새싹도 볼 수 있다. 그러기에 나는 태양을 전지전능한 신으로 우러러 경외한다.

태양 아래로 산이 보이고 산의 중턱에는 아담한 암자도 한 채 자리하고 있다. 조금 검푸른 빛이 도는 소나무 군락들이 듬성듬성하고 잡목들은 잎을 다 떨어뜨려 아직 앙상해 보인다. 산은 벗은 모습 그대로 햇살을 받아 환하다. 벗은 모습이라 초라해 보이기도 하지만, 버티고 앉은 모습이 덕을 쌓은 듬직한 사람 같다. 벗었다고 하여 남의 것을 탐하지 않고 시기 질투도 없이 꿋꿋이 인내하는 모습으로 겨울을 나기 때문이다. 그래서 나는 산이 좋고 닮고자 한다.

가까이에는 작은 공원이 있고 산다화 울타리 안에 늙은 벗나무 몇 그루가 서 있다. 벗나무는 하늘로 가지를 뻗어 올리고 있다. 새가 둥지를 틀도록 배려한 나무의 품이 넉넉하다. 벗나무는 새봄에 화려한 꽃을 피우기 위해 앙증맞은 봉오리를 맺고 부지런히 물관으로 물을 실어 나르고 있을 터이다. 벗나무 위에는 까치 몇 마리 날아와 좋은 소식을 전해 주려는지 깍 깍 깍 울고 있다. 나무 아래에는 고양이 한 마리가 귀를 세우고 등을 활처럼 꾸부려 사냥하는 자세를 취하고 있다. 여차하면 뛰어올라 사냥감을 낚아챌 자세다. 어떤 때는 내가 바라보고 있다는 사실을 모른채 살금살금 기어서 창문 앞을 지나가기도 한다.

산다화 울타리 옆으로 나 있는 보도를 따라 사람들이 종종거리며 지나가는 모습도 보인다. 보이진 않지만 어디서 바람이 불어와 벚나무 가지를 살랑살랑 흔든다. 바람은 서 있는 나무와 달리 영혼처럼 자유롭다. 방방곡곡을 다니면서 계절의 소식을 전한다. 꽃바람, 비바람, 가을바람, 눈보라 등을 맞아보았다면 알 수 있다. 바람은 나에게 상상력을 불러일으킨다. 바람 따라 내가 갈 수 없는 곳을 생각으로 가보는 일이다. 멀리 아프리카도 가고 북극도 가고 사막도 가고 윤동주의 「서시」에서처럼 '오늘 밤에도 별이 바람에 스치우는' 먼 청천으로 가 별을 만져도 보는 것이다. 이렇듯 상상 속에서 나는 행복한 나그네가 된다.

창밖을 바라보고 있노라면 매일 보는 풍경 같지만 나름대로 변화를 일으키고 있음을 느낀다. 나는 창 안으로는 들어올 수 없는 풍경을 바라볼 수 있어서 좋다. 안과 밖의 경계에서 서로 눈을 맞추며 흐르는 세월 따라 변해가는 모습을 바라보는 일은 또 다른 하나의 삶이다. 코로나로 인해 모든 사람이 힘들다. 우리에게는 이 어려움을 견뎌낼 힘이 필요하다. 주변의 풍경을 바라보면서 마음의 위안을 찾는 것도 하나의 방법이 될 수 있을까?

새해에서 충전의 시작을 알리는 정월 대보름도 지났다. 이제 만물은 봄을 맞이하기 위하여 바쁠 것이다. 정중동(靜中動)이라 했던가. 고요한 가운데 움직임이 있는 새봄이다. 창밖을 바라보며 명상에 드는데 휴대전화 소리가 고요를 깨트린다. 전화는 뜻밖의 소식을 전하기도 한다. 때론 기쁜 소식도 있지만, 슬픈 소식도 있다. 앞으로는 기쁜 소식이 많았으면 좋겠다. 세상 사람들도 그랬으면 좋겠다는 바람을 가져본다. 2021.03.02.(화)

아카시아 추억

신어산 자락 엘리베이터도 없는 허름한 빌라 4층 전셋집에서 신혼살림을 꾸렸다. 앞서 살던 사람은 여기는 터가 좋아 부자가 된다고 하면서 자기도 돈을 벌어 시내에 새로 지은 아파트를 분양받아 이사 간다고 했다. 결혼자금도 넉넉지 않았지만, 이 말에 혹하여 덜컥 집을 얻었다.

살아보니 겨울이면 외풍이 심하여 비닐과 테이프를 사 창문을 막아야 했고 보온을 위해 두꺼운 이불을 깔아두어야 했다. 밤에는 귀가 시리고 건조하여 입안이 바짝 마르고 수시로 감기가 드나들었다. 여름이면 꼭대기 층이라 달궈진 옥상의 열이 집 안으로 전달되어 찜통이 되었다. 거기에다 고지대라 수돗물 사정이 좋지 않아 물이 수시로 단수되어 제대로 씻지도 못했다. 전화기를 붙들고 시청 수도 과에 하소연하는 일이 다반사였다. 한번은 시장님이 직접 빌라 옥상까지 올라와 형편을 살피고 간 후 급수 사정이 어느 정도 나아졌다. 아내는 그 시장님이 고마워 아직도 잊지 않고 있다.

산과 가까이 있는 집이라 수시로 출몰하는 지네와 말벌 같은 해충에 놀라고 개미와 거미를 내쫓아야 하는 고충은 덤이었다. 하지만 어쩌랴 우리 부부는 물려받은 것도, 가진 것도 없는 시골 출신의 순박한 갑남을녀(甲男乙女)였기에 참고 견디며 스스로 일궈 나가야만 했다.

그래도 봄가을이면 자연이 주는 혜택을 가까이에서 누릴 수 있어서 좋았다. 가을이면 시원한 산바람에 온산이 단풍으로 물들어 자연의 아름다움을 만끽할 수 있었다. 봄이 오는 해토머리에는 산으로 가 칡과 쑥을 캐고, 진달래와 돋아나는 새싹을 보며 콧노래도 불렀다. 무엇보다도 오월이 오면 산자락에 서 있는 아카시아들이 일제히 하얀 꽃을 피우고 향기를 뿜어 누구나 누릴 수 없는 꽃향기 속에서 선택된 삶처럼 살았다.

아카시아 꽃향기 속에 신혼의 작은 행복이 있었고 그 향기 때문인지는 모르겠지만, 연년생으로 아이가 둘 태어났다. 아이가 둘 태어났다는 것은 내 인생에서 가장 중요한 순간이나 다름없었다. 열심히 일해야 했고 일찍 귀가하여 아이들의 웃는 얼굴을 봐야 했다. 내가 회사에 가 있는 동안 걸음마를 얼마나 하였으며 어떤 신기한 일이 일어났는지도 궁금했었다. 귀가하여 양쪽 무릎에 아이를 하나씩 앉히고 저녁밥을 먹는다면 이보다 행복한 일이 또 있을까? 이는 순전히 아내의 고생 덕이었다.

지금에 생각해 보면 아이 둘을 키운다는 게 얼마나 힘든 일인 줄 그때는 미처 몰랐다. 그래서 요즘의 젊은 부부들은 아이를 낳지 않으려고 하나 보다. 하지만 하늘이 장차 큰 의무를 어떤 사람에게 내리려 할 때는 반드시 먼저 그의 마음을 괴롭게 하고 그의 근골(筋骨)을 힘들게 하며, 그의 몸을 굶주리게 하고 그의 몸을 곤궁하게 하며, 어떤 일을 행함에 그가 하는 바를 뜻대로 되지 않게 어지럽힌다고 한다. 이것은 그의 마음을 분발시키고 성질을 참을성 있게 해 그가 할 수 없었던 일을 해낼 수 있게 도와주기 위한 것으로 힘든 일을 겪지 않으면 삶에 보람도 없음을 깨우쳐 준다.

그때는 이러한 삶의 이치를 몰라 아이를 키우는 의무를 고스란히 아내 혼자 짊어지게 했다. 아내를 도와주지 못한 것이 후회되며 지금도 아이들 키운 이야기가 나오면 나는 기가 죽는다. 이것은 무덤으로 들어갈 때까지 갚아야 할 빚으로 남았다. 현재 어린아이를 키우는 아버지들은 현명하게 대처하여 나의 전철을 밟지 않길 바란다.

볕이 좋은 어느 날 소풍하러 간답시고 아이 둘 키우느라 아프리카 난민처럼 여윈 아내와 아이들의 손을 잡고 아카시아꽃이 핀 산길을 오르던 때가 생각난다. 그때 아내는 아카시아 꽃향기에 취해 어릴 적 아카시아꽃을 따 먹었던 이야기, 이파리를 떼면서 점을 쳤던 이야기, 돌아가신 장인어른이 아카시아 나무를 땔감으로 쓰기 위해 낫으로 베어 가시에 찔린 피 묻은 손으로 지게에 지고 와 볕에 말려 소죽을 끓인 이야기 등 고향의 아카시아꽃 이야기를 해맑은 소녀처럼 했었다.

이해인 수녀는 「아카시아꽃」이라는 시에서 '내가 철이 없어/너무 많이 엎질러 놓은/젊은 날의 그리움이//일제히 숲으로 들어가/꽃이 된 것만 같은/아카시아꽃'이라고 했다. 이 아름다운 시에서는 아카시아꽃이 곧 그리움이다. 모든 사람에게는 아닐지라도 최소한 아이를 키우느라 지쳐 있는 아내에게는 시에서처럼 아카시아꽃이 철없던 젊은 날 너무 많이 엎질러 놓은 그리움으로 다가왔으리라고 본다. 그러고 보면 아카시아 꽃향기가 나는 산길을 아내도 무척 좋아했던 것 같다.

　덧없이 흘러가는 세월을 무정세월이라 했던가? 오래전 우리 가족도 시내에 있는 조그만 아파트로 이사하여 살고 있다. 아내는 살이 쪘다고 몸무게를 타박하는 중년 여인이 되어 있고, 아이들은 장성하여 맡은바 제 역할을 성실히 수행하는 우리나라의 장삼이사(張三李四)로 거듭나 있다. 해마다 오월이 와 아카시아꽃이 피면 어버이날 등 가정사가 많아 삶은 힘들었지만, 신혼살림을 차리고 어린아이들을 키웠던 그곳의 행복한 추억이 떠오른다. 김해 삼방동 신어산 자락의 아카시아 꽃향기는 생명을 잉태시키는 수컷의 냄새처럼 진했다. 2021.04.08.(목)

어머니와 구름

5월의 구름은 어머니 같다. 구름은 삶이 힘들 때 어머니를 그리듯 쳐다보는 것이다. 휴식해야 할 때 구름을 쳐다보면서 마음을 달랜다. 구름은 사람처럼 어딘가에 구속받지 않는다. 구름은 자유롭다. 한자리에 오래 머물지 않고 바람 따라 흘러간다. 흘러가되 흔적도 남기지 않는다. 그저 적막으로 흐르다가 사라지고 또 어느 순간에 나타난다.

파란 하늘의 가운데 혹은 신록의 산골짝에 나타나 고요히 떠 있는 구름은 그 자체로 신비롭다. 구름은 노마드처럼 이동하는 매력이 있다. 구름은 한곳에 머물며 사는 사람들에게 상상으로나마 멀리 떠날 기회를 준다. 그뿐만 아니라 사람들의 팍팍한 마음을 위로한다.

구름은 하늘과 조화를 이룬다. 파란 하늘엔 흰 구름, 회

색빛 하늘엔 먹구름, 노을 깔린 하늘엔 붉은색 구름이 제격이다. 구름은 태양의 열에 의해 생겨나고, 비가 내리면 비와 함께 사라진다. 그래서 비 갠 하늘에는 구름이 적다. 어쩌다 미련이 남아 미루나무 꼭대기에 흰 구름 한두 점 걸려 있다. 걸려 있는 구름을 물끄러미 바라보면 돌아가신 어머니가 생각나 눈물을 적시곤 한다.

예전에 해마다 어버이날이 오면 불효를 면하고자 의무감 같은 것으로 가족과 같이 시골에 계신 어머니를 뵈러 갔다. 아버지를 조금 일찍 여의고 홀로 계셨던 어머니는 늘 외로우셨다. 그래서인지는 모르겠지만 그날만큼은 어머니도 당신의 어머니 생각이 나시는지 고향에 가보길 원하셨다.

어머니를 차로 모셔 외가로 향하면 어머니는 차 안에서 노래를 부르신다. '미워도 한세상 좋아도 한세상/마음을 달래며 웃으며 살리라/바람 따라 구름 따라 흘러온 사나이는/구름 머무는 고향 땅에서 너와 함께 살리라'는 나훈아의 〈너와 나의 고향〉을 늘 구성지게 부르셨다. 아무런 영문도 모르는 아내와 아이들도 어머니의 노래에 맞춰 손뼉을 치면서 외가로 향하던 그때가 생각난다.

외가엔 외할아버지도 외할머니도 외삼촌도 없다. 다 돌

아가셨다. 외사촌들도 도회지로 떠나 외가가 있던 터는 밭이 되어 마늘만 무성하게 자라고 있다. 무상함에 차에서 내리지도 않고 마을을 한 바퀴 휘돌고는 화왕산 아래에 자리한 음식점으로 향한다. 거기에서 어머니는 미나리 삼겹살 안주에 소주 한 잔으로 세월의 무상함을 달래셨던 것 같다. 돌아오는 차 안에서도 양귀비꽃처럼 붉은 얼굴로 '미움이 변하여 사랑도 되겠지…'라며 노래를 계속 부르셨다.

어머니는 바람 따라 구름 따라 흘러온 삶에 달관한 사람 같았다. 미운 세상 좋은 세상 모두가 한세상이라며 웃으며 여생을 살겠다는 노랫가락이 그것을 반증했다. 지금에 와서 지나간 일들을 애타게 아쉬워한들 무슨 소용이 있느냐는 뜻으로 들렸다. 그러면서 구름이 흐르다가 머무는 고향 땅에서 함께 살리라는 것에 방점을 찍고 어머니의 어버이가 계셨던 고향을 그리워하신 것 같다. 나도 흰 두루마기의 외할아버지와 머리를 동백기름으로 빗어 쪽을 진 외할머니가 보고 싶었다.

구름은 왜 고향 땅에서 머물까? 사람이 고향을 그리워하듯 구름도 고향을 그리워하는 것일까? 구름이 머무는 그곳이 구름의 고향이라서 그럴까? 구름도 수구초심(首丘

初心) 같은 마음이 있기는 한 걸까? 구름을 보면 인간의 영혼 같다는 느낌이 든다. 구름은 이승의 삶을 생각해 보게 한다. 그런 구름은 무한한 동경(憧憬)을 주기도 한다.

어버이날이 지나갔다. 아버지, 어머니, 장인, 장모 모두 땅보탬이 되셨기에 나는 지금 고아나 다름없다. 생전에 잘해드리지 못한 것을 후회하는 날이 나이가 드는 만큼 늘어나는 것은 왜일까? 유독 나만 그런 것일까?

어버이날 사방을 둘러보아도 찾아가 효도할 곳도 의지할 곳도 없다는 게 나를 슬프게 했다. 파란 하늘엔 머리에 흰 수건을 두른 어머니 같은 흰 구름만 떠가고 있었다. 5월의 구름을 보면 어머니가 아주 그립다. 2021.05.11.(화)

반려

　휴일을 맞아 아내와 같이 가까운 산을 오른다. 산의 초
입에서부터 한 아주머니가 작은 강아지를 앞세워 우리 뒤
를 졸졸 따라오고 있다. 초입을 벗어나 가파른 오르막을
오르려는데 한 아주머니가 보기에도 사납게 생긴 개에 이
끌리듯 내려오고 있다. 몇 발자국 뒤로 아들인 듯 보이는
젊은 청년도 따라 내려오고 있다. 개는 목줄을 하였지만,
줄이 늘었다가 줄었다가 하는 것이었기에 행동이 자유로
워 보였다.

　우리는 순간 겁이 나 길을 비키지 않을 수가 없었다. 아
내는 아예 커다란 소나무 뒤로 몸을 숨겼다. 그때 이 사나
운 개는 흙먼지를 일으키며 내 앞을 지나쳐가 뒤따라오던
작은 강아지를 공격했다. 순식간에 벌어진 일로 강아지의

비명과 흙먼지 속에서 개의 주인들은 싸움을 말리느라 정신이 없었다. 싸움이라기보다 작은 강아지가 일방적으로 당했다. 이에 화가 난 강아지의 주인이 "개의 목줄을 제대로 해야지"라고 나무라며 큰소리를 쳤다. 그러자 개의 주인은 "앞에 큰 개가 보이면 얼른 강아지를 품에 안아야 공격을 안 당하지" 하며 품에 안지 않았다고 큰소리를 질러 댔다.

이제는 개싸움이 사람싸움으로 커져 버렸다. 우리는 놀란 가슴을 진정시키느라 정신이 없는데 우리는 안중에 없고, 그들은 그들의 주장을 앞세워 서로를 탓하며 큰소리를 내고 있었다. 나중에는 큰 개와 같이 온 덩치 큰 청년까지 작은 강아지를 품에 안지 않았다며 강아지 주인에게 대들었다. 강아지 주인은 억울한 듯 목격자인 우리에게 다가와 누가 잘못했는지 잘잘못을 가려달라는 듯이 자꾸 쳐다보았다.

상쾌한 기분으로 산을 오르려는데 뜻하지 않게 참으로 난처한 상황에 빠져버렸다. 내가 보기엔 사나운 개의 주인이 적반하장(賊反荷杖)으로 보였으나 서로가 부주의하여 이런 불상사가 일어났기에 잘못이 둘 다 있어 보였다. 나는 가타부타 아무런 말도 못 하고 그 상황을 빨리 벗어나고 싶은 심정뿐이었다. 여기에서 어느 한 편을 들었다가는 싸움이 커질 것 같아 그저 지켜보는 수밖에 없었다.

그러자 강아지의 주인은 큰소리를 치는 두 사람을 감당하기가 어려웠던지 화를 삭이지 못한 모습으로 씩씩거리며 마지못해 강아지를 품에 안고 오르던 산으로 발길을 돌렸다. 우리는 산을 오르며 이러한 일이 일어난 데 대해 많은 이야기를 나누었다. 나도 어릴 적에 시골 마당에서 개를 키우며 살아봤기에 개를 싫어하지는 않는다. 지금도 마당이 있는 집이면 개를 키우겠다는 마음을 가지고 있다.

요즈음 사람들은 내 마음과 달리 아파트 생활을 하면서 개를 반려동물로 많이 기른다. 반려란 무엇인가? 한자로는 짝 반(伴)에 짝 려(侶)를 쓴다. 한마디로 삶에 있어서 짝이란 뜻이다. 인생에 있어 반려자(者)라 하면 보통은 아내나 남편을 일컫는 말이다. 반려에 '자' 대신 '동물'이 붙으면 '반려동물'이 되고, '식물'이 붙으면 '반려식물'이 되는 것이다.

동식물이 사람의 삶에 있어서 짝이 된다는 뜻으로 보아도 무방하리라고 본다. 서로 짝이 되는 것을 반려라 한다면 그것은 사람에게 마음의 위안과 안정을 주어야 하며 서로 간 동등한 입장에서 도움이 되어야 한다. 동식물을 사람의 노리개로 삼는다든지 사람이 동식물의 노예로 전락한다면 이는 진정한 반려라고는 할 수 없다.

반려 동식물을 기르는 이유는 여러 가지가 있겠지만 핵가족 시대가 되면서 아이 낳기를 기피하여 더불어 살아가는 재미가 덜하고 외롭기 때문이라고 본다. 반려동물과 함께 살아가는 대부분의 사람은 밖에서 집으로 들어왔을 때 반겨주고 애교를 떨며 외로움을 달래주어서 좋다고 한다. 이 밖에도 좋은 점은 많이 있다고 보는데 동등한 입장이길 바랄 뿐이다.

앞서 일어난 일에 대해 개의 입장에서 보면 사람이 반려인간이 된다. 사람의 짝으로 개가 살아가는 게 아니라 개의 짝으로 사람이 살아간다는 느낌에 좋은 기분은 아니었다. 개의 기분에 사람이 맞춰 살아가는 사람들로 비쳐 안타까워 보였다면 비약일까. 사람의 삶에 있어 올바른 삶은 아닐 것이다. 우리가 산을 오르면서 개가 내려오는 것을 보고 겁이 나, 길을 비키고 소나무 뒤로 숨어야 한다면 참으로 비참하다. 이러한 일은 없어야 하지 않겠는가? 반려동물을 기르는 사람은 역지사지(易地思之)로 조심할 일이다.

어떤 TV 프로그램에서 진행자가 출연자에게 이런 질문

을 했다. "이 세상에 다시 태어난다면 무엇으로 태어나겠습니까?"라고. 그때 한 여성 출연자는 조금의 망설임도 없이 "부잣집 강아지로 태어나고 싶어요"라고 대답을 했다. 그 이유로 "맛있는 음식을 먹을 수 있고 마음대로 잘잘 수 있고 주인의 사랑을 받을 수 있기 때문에"라고 했다. 생각해 보면 지금 처해 있는 삶보다 부잣집 강아지의 삶이 더 좋다는 뜻이다. 어쩌다가 만물의 영장인 사람이 개의 삶을 부러워하는 지경까지 왔을까? 이유야 어떠하든 이 대답은 여러 가지로 시사하는 바가 크리라 본다.

휴일을 맞아 아내와 같이 가까운 산을 다녀왔다. 젊었을 적엔 내가 앞서 산을 오르며 아내의 손을 잡아끌었지만, 지금은 내 한 몸 가누기도 힘든 처지가 되어 돌아왔다. 축 처진 어깨에 땀으로 범벅된 모습을 하고 있다. 이를 보고 애틋한 표정을 지으며 "이젠 당신도 늙었네" 하며 세월을 탓해 주는 아내가 진정한 나의 반려자가 아닐지 생각해 보는 하루였다. 2021.07.08.(목)

여름 바다 추억

　여름은 바다를 가까이하고폰 계절이다. '바닷가에 왔더니/바다와 같이 당신이 생각만 나는구려/바다와 같이 당신을 사랑하고만 싶구려//(중략)//바닷가는/개지꽃에 개지 아니 나오고/고기비늘에 하이얀 햇볕만 쇠리쇠리하여/어쩐지 쓸쓸만 하구려 섧기만 하구려' 백석 시인의 「바다」라는 시의 부분이다. 참고로 '개지꽃'과 '쇠리쇠리하다'는 '나팔꽃'과 '눈이 부시다'라는 평안북도 방언이다.

　바다는 누구에게나 추억을 선물한다. 나에게도 바다가 준 추억이 있다. 그중 젊은 시절의 첫 추억을 떠올려 본다. 갓 스물을 넘긴 어느 해 여름 고향 친구 넷이 피서를 떠나기로 했다.

　마산 앞바다 선착장이 있는 뱃머리에서 배를 타고 거제

도 장승포로 향했다. 태어나 처음 타는 여객선이라 뱃멀미를 심하게 했던 기억이 난다. 장승포항에 도착하여 흙먼지가 풀풀 날리는 완행버스를 타고 검은빛이 감도는 몽돌이 가득한 바닷가에 도착했다.

우리는 가지고 간 초라한 텐트를 하나 치고 짐을 풀었다. 그리고 모든 껍데기는 벗어버리고 해방된 기분으로 수영복 반바지만 걸친 채 바다에 뛰어들어 해수욕을 즐겼다. 어릴 적부터 낙동강에서 수영하며 자라온 터라 개헤엄은 잘 쳤다. 우리는 겁도 없이 먼 바다까지 헤엄쳐 들어가서는 바다에 드러누워 하늘을 보며 둥둥 떠다녔다. 먼바다까지 들어가는 것은 위험하므로 절대 안 된다는 것은 그 이후에 알았다.

한참을 그렇게 놀고 있는데 저 멀리 산언덕 위에서 세 명의 동네 아가씨들이 우리를 바라보고 있는 모습이 보였다. 그들은 먼바다에서 수영을 즐기는 이방인이 신기해 보였던지 손을 흔들어 주었다. 우리도 손을 흔들면서 놀러 오라는 손짓을 보냈다. 그들은 한참을 망설이며 지켜보더니 수줍은 듯 우리를 찾아왔다. 함께 어울려 놀며 가져간 음식도 나누어 먹었다.

어둠이 내리고 제법 친해져 서먹함이 없어지려 할 때였

다. 주위가 소란스러워 둘러보니 한 무리의 동네 청년들이 몽둥이를 들고 우리를 찾아왔다. 우리가 동네 아가씨들을 꾀었다고 시비를 걸었다. 그중 제일 험상궂게 보이는 남자는 내 옆에 있던 아가씨의 친오빠였는데 유독 거칠었다.

까딱 잘못하다가는 젊은 혈기에 패싸움이 벌어질 판이었다. 숫자로 보나 텃세로 보나 여러 가지 정황상 우리가 불리해 보였다. 그래서 꼬리를 내리고 가져온 술이 있으니 한잔하자며 술을 권했다. 그들은 동생뻘 되는 아가씨들을 돌려보냈는데 내 옆에 있던 아가씨가 오빠에게 많이 혼나는 것 같아 마음이 아팠다. 여동생을 얼마나 보살피던지 보살피지 말아야 할 것까지도 보살피는 것 같았다.

이후 우리는 그들과 어울려 밤이 이슥도록 술을 마셨고 그들도 집으로 돌아갔다. 은은한 달빛 아래 몽돌 위를 구르는 처연한 파도 소리 들으며 늦은 잠을 청하려는데 그들이 다시 찾아왔다. 이번에는 허연 막걸리 말통을 어깨에 메고 와서는 지금까지 육지에서 가지고 온 술대접을 잘 받았으니 이제는 자기네들이 거제도 술을 대접하겠단다. 그때는 그런 의리가 있었다. 우리는 어울려 아침 해가 벌겋게 떠오를 때까지 막걸리를 마셨다. 여름 바다에서의 첫날밤을 술과 함께 꼬박 새우고 말았다.

글의 모두(冒頭)에 쓴 백석 시인의 시는 시인이 통영 바닷가 마을의 한 처녀를 사모했으나 사랑을 이루지 못하고 바다를 찾아가서 쓴 시 같다. 이때의 바다는 시인의 마음과 같이 매우 쓸쓸하고 서러웠으리라. 이렇듯 바다는 사람의 기분을 닮은 또 다른 자아가 된다.

여름에 접어들면서 장마와 코로나19로 몸과 마음이 지쳐가고 있다. 지친 마음을 달래는 데에는 바다가 좋을 것 같다. 방역수칙을 지켜 우리의 기분을 닮은 또 다른 자아인 바다를 보러 길을 나서보자. 고달프면 고달픈 대로 즐거우면 즐거운 대로 우리를 맞아줄 것이다. 나도 여름 바다에 가면 오빠에게 혼나며 돌아가던 그 옛날의 거제도 아가씨가 떠올라 고독해질 것 같다. 2021.07.13.(화)

고목을 안다

개와 늑대의 시간에 김해 대성동 고분군을 오른다. 오르다 보면 낮은 언덕 위에 커다란 포구나무 두 그루가 고독하게 서 있다. 얼핏 보아도 웅장한 모습이라 수령 백 년은 족히 넘어 보이는 고목이다. 나는 이 나무 밑에서 쉬어간다. 땅 위로 솟아오른 울룩불룩 한 뿌리 위에 가만히 앉는다. 어린아이가 어머니의 무르팍에 앉은 기분이 든다.

불어오는 바람을 가만히 맞는다. 바람은 정신을 맑게 한다. 속세에서 생긴 온갖 잡념을 앗아간다. 바람에 이는 나뭇잎이 속삭이며 나에게 옛날이야기를 들려주는 듯하다. 스르르 눈이 감긴다. 나는 커다란 나무 둥치에 몸을 기댄다. 한동안 눈을 감고 어린 시절 회상에 젖어 본다.

동구 밖 서잿골에는 커다란 포구나무가 외로이 서 있었

다. 밑둥치가 두 개로 연리지처럼 붙어 있는 나무였다. 커다란 우듬지가 하나는 똑바로 서서 자라고, 다른 하나는 비스듬히 기울어져 자라고 있었다. 나무가 얼마나 크던지 어린아이의 아름으로 예닐곱 아름은 족히 되었다. 나는 비스듬히 누운 나무 위를 외나무다리 건너듯 걸어서 올라가서는 내려올 때는 몸을 뒤로 하여 땅으로 축 늘어진 나뭇가지 끝으로 내려왔다. 이렇게 반복하는 것이 나에게는 재미난 놀이였다. 그렇게 놀다가 싫증이 나면 비스듬히 누운 우듬지를 평상으로 삼아 누워서 잠을 자기도 했다. 고목과 같이 어린 시절을 보냈던 추억이 아련히 떠오른다.

어느 날 성인이 되어 포구나무를 보러 갔었다. 비스듬히 누워 있던 우듬지는 태풍에 쓰러져 고사해 버리고 바로 선 우듬지의 포구나무만 지지대에 받혀져 외로이 서 있었다. 온갖 풍상을 겪은 어머니가 할머니 되어 지팡이를 짚고 내가 오기를 동구 밖에서 기다리는 모습 같아 가슴이 울컥했다. 어릴 적 나를 품어준 나무라고 생각하니 늦게 찾아간 것에 미안한 감마저 들었다. 회상에 젖어 쓸쓸히 발길을 돌렸지만, 지금도 그 나무는 그 자리에서 그 모습 그대로 내가 또 찾아오기만을 기다리고 있을지도 모른다.

고목은 항상 그 자리에 있다. 내가 찾아가 위안을 받고 그늘에서 쉴 수 있도록 그 품을 내어준다. 늦게 찾아왔다고 나무람 없이 늘 용서하고 나의 삶이 두루두루 평안하기를 지켜 준다. 이런 나무의 삶을 나는 아직도 모른다. 주기만 하는 어머니의 마음을 다 몰랐듯이 주는 것을 받기만 하였다. 나무에 올라가 가지를 타고 놀면서 힘들게 하고 부러뜨리기만 하였지, 나무에 베푼 것은 없다. 그래도 나를 미워하지 않고 반겨주는 것 같아 고마운 나무였다.

고분군 정상을 오르기 위해 일어선다. 고개 들어 나무를 올려다 본다. 나뭇잎이 울창하다. 나뭇잎 위로 살며시 어둠이 내리고 있다. 그 사이로 맑은 하늘이 보이고 가맣게 비행기가 불을 밝히고 날아가는 모습도 보인다. 이름 모를 비석이 하나 있고 가끔 희미한 어둠을 가르며 반려견을 데리고 산책하는 사람도 보인다. 고목이 언덕 위에 자리하고 있기에 펼쳐지는 참으로 평화로운 광경이다. 모든 갈등도 없이 나무 아래에서 누리는 나만의 시간이다.

떠나기가 아쉬워 한참을 서성이다가 가만히 팔을 벌려 고목을 안아 본다. 족히 몇 아름은 되어 보일 것 같다. 안아서 품속에 들어오는 나무였다면 우듬지를 토닥이며 뛰는 가슴으로 감사의 마음을 전했을 터인데 오히려 엄마의 등에 업힌 어린아이처럼 되어버렸다. 나무를 안고 둥치에 귀를 대어 본다. 졸졸 물관으로 물 흐르는 소리 들리는 듯하다. 들려오는 소리는 기쁨의 소리 같다. 나를 사랑해서 들려주는 노래 같다. 이 노래를 듣는 나는 귀를 뗄 수 없어 나무와 하나가 되어 고목의 일부가 된 것 같다.

이처럼 나도 고목이 될 수 있다면 고목의 작은 부분이 되고 싶다. 고목이 된다면 지금까지 받아온 은혜를 조금이나마 갚을 수 있지 않을까? 항상 고독하게 서 있는 나무에 말을 건네며 고독을 달래 줄 수 있지 않을까? 대성동 고분군 언덕 위에 서 있는 고목은 노인처럼 늘 외로워 보였다. 수시로 새가 날아들어 노래하고 떠나가 위로가 되기도 하지만, 우리네 어버이처럼 자식을 맞이하고 한동안 즐겁다가 타향으로 떠나보내고 난 이후의 오랜 쓸쓸함 같은 것이 묻어 있었다.

고적하게 헤어져 정상으로 발을 떼다 보면 가까운 거리에 또 다른 고목이 한 그루 있다. 이 나무는 밑둥치에서 가지가 둘로 나누어져 자랐는데 가지와 가지 사이에는 초등학교 교실의 나무 의자처럼 한 사람이 앉을 수 있는 공간이 있다. 여기에 앉으면 안락의자 같아 나는 한참을 앉아 있다. 붉은 노을이 지고 주위의 가로등 불빛이 하나둘 켜지면 내가 누렸던 안락함의 아쉬움을 뒤로하고 고분군 정

상을 오르기 위해 일어선다.

오늘은 이만 헤어져야 한다. 헤어지기에 미련이 남아 묵묵히 서 있는 한 가지를 또 안아 본다. 안고는 그냥 그대로 백을 세어 본다. 고요히 백 년이 흐른듯하다. 또 다른 가질 안아 본다. 가만히 안고는 또 백을 세어본다. 고목의 나이만큼 세월이 흐른듯하다. 늙은 아버지를 꼭 끌어안고 어머니를 꼭 끌어안아 본 기분이 들었다. 아버지와 어머니 살아생전에 언제 한번 안아보기는 했던가? 저무는 개와 늑대의 시간을 뒤로하고 잠잠히 대성동 고분군 정상을 향해 발길을 옮긴다. 2021.09.01.(수)

호박이 있는 가을 풍경

추석 명절을 보내고 맞이하는 휴일이다. 벌초에서 차례까지 일련의 의례를 마치고 난 후라 개운한 마음으로 가까운 해반천을 따라 김해평야로 나들이를 갔다.

김해는 도심 가까이에 너른 들판이 있어 좋다. 황금 들판 위로 하늘은 한층 높아져 있고 벌레 소리도 잦아들어 주위가 조용하다. 여기저기 잡초 속에 자유롭게 피어 있는 코스모스는 산들바람에 춤을 춘다.

둑길을 걷다 보면 농막이 보인다. 둑길 밑의 텃밭에는 배추를 심어 놓았다. 아마도 맛있는 김치를 담그기 위해서일 것이다. 그리고 텃밭의 주위에는 호박이 익어가고 있다. 약간 시든 잎에 누런 호박이 여럿 달려 있다. 아직 덜 익은 초록빛 호박도 몇 개 보인다. 넝쿨과 같이 어우러진 풍경이 풍요롭다.

어릴 적 아버지는 고추밭 경사면에 구덩이를 파고 거기에 퇴비를 듬뿍 넣고 호박씨를 묻었다. 날이 따뜻해지면 싹이 나오고 자라서 노란 꽃을 피웠다. 꽃에는 호박벌이 윙윙거리며 다리에 꽃가루를 묻히고 부지런히 꿀을 빨면서 수정을 했다. 나는 그 장면이 좋아 호박꽃 앞에 쭈그리고 앉아 한참을 바라보면서 생각에 잠기기도 했다. 앙증맞은 열매가 달리고 무더운 여름을 지나 서리가 내리는 늦은 가을이 오면 호박은 누렇게 익어 있었다.

아버지는 호박을 수확하여 리어카에 싣고 와 사랑방에 부려놓았다. 그러면 우리 식구는 겨울 양식으로 삶아 먹고 쪄 먹고 숟가락으로 속살을 긁어내어 부침개도 해 먹고 쌀가루를 풀어 죽을 쑤어 먹고 호박범벅도 해 먹었다. 가을이 와도 채 익지 못한 풋호박은 오가리로 오리거나 썰어 빨랫줄이나 축담 위에 널어 말려두었다가 반찬으로 만들어 먹었다. 사랑방에 누런 호박이 가득하고 호박오가리를 말리는 가을 풍경은 시골 어디에서나 흔하게 볼 수 있었다.

나에게는 호박이 있는 잊지 못할 풍경이 하나 더 있다. 신혼살림을 허름한 빌라 전셋집에서 보내다가 조그만 아파트를 장만하여 이사한다고 시골에 계신 어머니께 전했다. 어머니는 이사 전날 저녁에 예고도 없이 누렇게 익은 커다란 호박을 머리에 이고 집 안으로 들어오셨다.

나는 깜짝 놀라며 어머니께 여쭈었다. "어머니 웬 호박입니꺼?", "니가 내일 아파트로 이사한다고 안 캤나? 앞장서거래이 새 아파트로 가서 문 열거라! 오늘 밤은 이 호박과 함께 거서 잘란다. 그라면 좋다 안 카나"라고 말씀하셨다. 그날 어머니는 새 아파트에서 호박과 함께 주무셨다.

우리네 속담 중에는 호박에 관한 것이 참 많다. 호박이 우리의 생활과 참 가까이 있다는 증거다. 그중에 '호박이 넝쿨째로 굴러떨어졌다'는 속담은 누구나 알고 있다. 어머니는 이 속담처럼 행운이 집 안으로 굴러들어와 자식 잘되기를 바랐을 것이다. 이것은 어머니만의 신성한 의식 같은 것이었다고 믿어 의심치 않는다. 어머니의 마음을 그 무엇에 견줄 수 있을까?

어머니의 이런 정성 어린 염원처럼 가을은 간절히 기도하는 마음이 필요한 계절이다. 가을걷이한 곡물을 베풀어준 대자연의 신에게 감사를 드리고 내년에도 더 잘되길 기원하는 때이기도 하다. 문득 '주여, 때가 왔습니다'로 시작하는 라이너 마리아 릴케의 「가을날」이라는 시가 떠오른다.

이사를 마친 후에도 그 늙고 큰 호박은 한동안 현관 앞 신발장 위에 놓여 있었다. 출퇴근 때마다 그 늙고 큰 호박을 바라보았던 기억이 난다. 그 일 때문인지는 모르겠지만, 그 아파트에서 아이들 다 키우고 여태까지 무탈하게 살고 있다. 부자는 못 되었지만 큰 복은 지금부터 굴러들어올 것 같은 예감도 든다.

우리도 코로나를 피해 호박이 있는 가을 풍경을 찾아 나서보자. 바람에 미루나무 고개 숙이는 밭둑가 호박도 좋고 하얀 억새가 핀 산비탈 호박도 좋고 시골 담장에 탐스럽게 매달린 호박도 좋고 하다못해 재래시장 채소가게에 진열된 호박이라도 좋으리라. 실한 놈 한 덩이를 구해 집 안으로 들이면 좋지 않을까? 들여놓고 호박을 보며 부자가 되는 생각을 해도 좋을 것이다. 2021.09.28.(화)

피아노를 팔다

   인터넷 검색창에 '중고 피아노'라고 친다. '중고 피아노 사고팝니다'라고 쓴 업체 전화번호를 대여섯 개 따고 창을 닫는다. 전화를 건다. "집에 있는 중고 피아노를 팔려고 합니다", "몇 년에 생산된 어느 회사 제품입니까?", "○○년 ○○회사 제품입니다"라고 말하자 보지도 않고 "십만 원 드리겠습니다"라는 대답이 돌아온다. 전화한 곳모두 비슷한 대답이다. 내가 바랐던 대답과는 하늘과 땅만큼 차이가 났다. 그중에서 가격을 잘 쳐주겠다는 곳에 연락하고 기다린다.

   팔고자 하는 피아노는 딸아이가 초등학교 저학년일 때 중고임에도 고급이라 비싼 가격으로 산 것이다. 딸아이가 원하기도 했지만, 혹시나 훌륭한 피아니스트가 될 수도 있지 않을까 하는 희망으로 없는 살림에 허리띠를 졸라 샀다. 그때의 기쁨은 말할 수 없이 컸다. 딸아이는 처음엔 열심히 치더니 세월이 갈수록 치는 횟수가 잦아들고 고등학교 입학하면서부터는 입시 준비로 아예 치지도 않았다.

피아노 위에는 작은 인형 몇 개와 오르골, 그리고 사진 액자가 늘 올려져 있었다. 피아노는 딸아이가 옷을 갈아입고 입었던 옷가지를 올려두기도 하는 옷걸이 대용으로 사용되기도 했다. 작은 방구석을 차지하고 있는 큰 덩치의 피아노를 보면서 언젠가는 치워야지 하는 생각은 있었지만 정작 주인인 딸아이는 치우는 것을 싫어하는 눈치여서 두고만 보았다.

가끔 딸아이한테 "저 피아노는 네가 시집갈 때는 꼭 가져가라" 하며 '꼭'에 힘을 주어 농담 섞인 말로 치웠으면 좋겠다는 압력을 넣기도 했다. 그래도 싫다는 표정을 짓지 않았으며 가져갈 마음이 있다는 뜻을 내비쳤다. 그만큼 딸아이에게는 정이 든 소중한 물건이었다. 그러던 딸아이가 성인이 되어 직장생활을 하게 되자 몇 가지 옷을 사더니만 옷을 걸어둘 곳이 없다며 피아노를 치웠으면 좋겠다는 의사를 전했다. 나는 속으로 쾌재를 불렀다.

예전엔 아파트 이웃집에서 피아노 치는 소리가 종종 들

려왔다. 아파트 아랫집 윗집에서 들려오는 층간 소음과는 달리 피아노 소리는 크게 거슬리지 않았다. 피아노 연주하는 사람을 떠올리면 왠지 곱고 섬세한 손에 드레스를 입은 마음씨 고운 여인이나 청순한 여학생일 것이라는 생각에 즐거움이 일었다. 연주를 잘하고 못하고 하는 것은 내가 분별하지 못하니 상관이 없었다. 요즈음은 세상이 변해서 그런지 피아노 소리를 듣기 힘들다. 격세지감(隔世之感)마저 느껴진다.

초인종 소리가 이런저런 생각을 깨뜨린다. 피아노를 사러 온 모양이다. 중년의 아저씨 둘이 들어와 피아노를 찬찬히 살펴본다. 피아노는 울림통을 봐야 한다며 피아노를 앞으로 끌어내어 플래시 불빛을 비춰가며 살펴보더니 "이 피아노는 울림통이 깨어져 맑은소리를 낼 수 없다"라고 한다. 그러면서 난처한 표정을 지으며 수리를 해야 하는데 비용이 많이 들어 살 수 없다고 한다.

나는 할 말을 잃고 멍하니 서 있는데 아저씨들이 한마디 더 보탠다. 요즘 아이들은 전자피아노를 쳐서 나무로 된 피아노는 수요가 없다고 하며 고쳐서 동남아로 수출을 한단다. 기름값 들여 여기까지 와서 그냥 돌아가려니 서운하다며 몇만 원 쳐줄 테니 다시 팔라고 한다. 나는 이 상황에서 피아노를 팔아야 하나 말아야 하나는 딜레마에 빠지고 말았다. 이 사람들의 상술인가 하는 의심도 들었지만, 잠깐의 고민 끝에 몇만 원만 올려주면 팔겠노라 하니 좋다고 하여 팔아버렸다.

그 당시에 백만 원도 더 준 피아노를 십만 원도 안 되는 가격에 팔고 보니 어떤 아이러니가 성립한다는 생각이 들었다. 이젠 피아노를 치던 어린 딸도 커버리고 피아노도 팔려 가고 없다. 피아노가 빠져나간 휑한 자리 밑에는 먼지가 수북하고 무거운 피아노 바퀴에 밀려 찢어진 장판만 마음을 심란하게 한다. 흘러간 세월에 마주한 쓸쓸함과 무거운 짐이었던 것을 치워버린 시원함이 동시에 밀려왔다. 묘한 기분이 한동안 나를 지배한다. 이 기분을 푸는 방법은 피아노 판 돈으로 친구랑 소주를 한잔하는 것뿐이다. 친구에게 전화를 건다. 2021.11.30.(화)

3부

소에 대한 기억

신축년 소의 해가 저물고 임인년 범의 해가 밝은 지 벌써 두 달이 되어간다. 아끼던 양주를 한 병 까서 한잔 한잔 마시다 보면 금방 비워지는 그런 기분이 든다. 그만큼 지나가는 세월은 빠르다. 나는 신축년 생이라 한 갑자를 산 셈이다. 지난해에는 회갑을 기념한답시고 시집도 한 권 출간하여 약간의 보람도 있었다. 삶에서 보람을 찾는 것. 이게 사람 사는 순리고 이치가 아닌가 한다.

나는 소띠로 태어나서 그런지 소를 무척 좋아한다. 어릴 적부터 우리 집 마구간에는 사시사철 소가 있었다. 지금은 겨울의 기운과 봄의 기운이 뒤섞이는 2월이다. 이 무렵 소는 어떻게 지냈는지 문득 생각해 본다. 내가 기억하는 2월의 소는 마구간에서 되새김질하면서 큰 눈을 껌벅이며 편안히 쉬고 있었다. 나는 소를 만지기도 하고 소의 볼에 뺨을 비비기도 하면서 자랐다. 나는 이런 소를 위해 여러 일을 했다. 겨울이면 소죽을 끓이고, 여름이면 산이나 낙동강 강가로 소를 몰고 나가 풀을 뜯게 했다.

한 해가 지나 송아지가 태어나면 아버지는 송아지를 팔아서 학비나 생활비에 보탰다. 송아지와 이별한 어미 소는 한동안 큰 소리로 울었다. 큰 눈이 눈물로 축축이 젖어 있는 모습을 보며 같이 마음 아파했다. 초등학교 저학년이던 어느 해에 홍수로 흉년이 들어 가세가 기울면서 어미 소마저 팔게 되었다. 마구간은 비어 버렸고 일거리도 사라져 버려 나는 몹시 심심했다.

그 당시 소는 농사에 꼭 필요한 가축이었다. 소가 없으면 농사를 짓지 못해서 이웃집 소를 빌려다가 논밭을 갈아야 했다. 아버지는 하는 수 없이 친지의 집에서 소를 한 마리 빌려 왔다. 우리 집 농사에 소를 활용하고 그 대신 잘 키워 주는 조건이었다. 뿔이 동그랗게 말려 머리를 향해 자라서 쇠톱으로 뿔을 잘라 주어야 했던 그 소를 키우며 어린 내가 양손으로 뿔을 잡고 이마를 갖다 대어도 들이받지 않고 콧김만 뿜어냈다. 커다란 덩치에 센 힘을 가졌지만, 함부로 쓰지 않아 그만큼 성미가 순했다.

몇 해가 지나 우리 집 형편도 나아져 소를 한 마리 사게 되었다. 이제는 남의 집 소가 필요 없어 돌려주려 하자 주인은 집에 키울 곳이 마땅치 않아 팔고자 한다며 아버지에게 오일장이 서는 날 우시장으로 몰고 와 달라고 했다. 아버지는 이 일을 나에게 시키셨다. 이른 아침에 일어나 소를 몰고 시오리나 되는 시골길을 걸어가던 그때가 선명하게 그려진다. 그 소는 비록 남의 집 소였지만 나와 정이 많이 들었다. 헤어지는 슬픔으로 발걸음이 무거워 터덜터덜 걸어갔던 기억이 난다.

우시장에 도착하니 소 주인과 소장수로 보이는 아저씨가 나를 기다리고 있었다. 소를 넘겨주려니 어린 마음에 슬픔이 또 밀려왔다. 꾹 참고 소를 넘겨주자, 주인인 아저씨가 잠시만 기다려달라고 했다. 흥정을 위해 아저씨와 소장수 사이에 몇 마디 말과 돈이 오갔다. 그 뒤 낯선 사람의 손에 이까리(고삐)가 잡혀 따라가던 소의 뒷모습을 보았다. 그 모습이 기어코 나에게 눈물을 훔치게 했다.

아저씨는 소를 몰고 오느라 수고했다며 우시장 옆에 있는 중국집으로 나를 데려가 짜장면을 한 그릇을 사주셨다. 소와 이별한 후 먹는 짜장면이라 맛이 없어 절반 이상을 남겼다. 이별은 맛있는 음식의 맛마저 변하게 했다.

까마득히 생각나는 소와의 이별이 한 갑자를 산 지금도 잊히지 않는 이유는 무엇일까? 내가 소띠라서 그랬을까? 아니면 소와 정이 들어서 그랬을까? 소와 함께했던 그 시절을 그리워해서 기억에 오래 남는 것은 아닐까? 아니면 모두 다일까? 나에게 이별의 감정을 처음으로 느끼게 한 것이 소와 했던 이별 같다.

소의 해가 저물고 범의 해가 밝은 지 두 달이 되어간다. 오는 세월은 또 다른 만남이고, 가는 세월은 순리에 따른 이별이다. 가고 오는 세월은 만남과 이별의 연속이다. 다만 우리는 의식하지 못할 뿐이다. 회자정리(會者定離)라는 말이 있다. 만나면 헤어지는 것이 우리네 삶이다. 영원히 함께하지 못한다는 것이다. 2022.02.22.(화)

작은 공원의 나무들

사무실 의자에 앉아 창밖을 물끄러미 바라본다. 최근 들어 이렇게 창밖을 바라보는 일이 소소한 행복이 되었다. 나이가 차 흰머리가 희끗희끗한, 퇴직을 앞둔 사람의 마음이랄까? 이런 행복을 누리기까지 오랜 기간 교직원으로 일했다. 돌이켜 보면 처음엔 사무실이라는 우리에 갇힌 짐승처럼 살다가 세월의 흐름에 잘 적응하여 여기까지 왔다. 괘종시계의 추처럼 집에서 학교로, 학교에서 집을 오가며 인생의 희로애락을 많이도 겪었다.

창밖을 바라보면 작은 공원이 있다. 공원에는 많은 나무가 자라고 있다. 연분홍 꽃잎을 떨어뜨리고 연초록 잎이 검푸르게 변해가는 벚나무, 실바람에 연한 잎을 뒤집고 춤추는 느티나무, 늘 푸른 소나무, 하얀 꽃을 무더기로 피워

서 보기만 해도 배가 부른 이팝나무, 잎이 아기 손 같은 단풍나무, 군인같이 늠름해 보이는 사철나무, 아카시아 등등. 종류는 다양하지만 서로 어울려 숲을 이루고 있다.

그중 진한 향기로 꽃을 피우기 시작하는 키 큰 아카시아 두 그루는 부부처럼 나란히 서 있다. 한 나무 꼭대기에는 지난해 지은 커다란 말벌 통이 달려 있지만, 겨울을 나며 벌이 떠나간 뒤라 위험해 보이지는 않는다. 다른 한 나무에는 지난 삼일절쯤부터 까치 두 마리가 날아와 우듬지에 둥지를 틀기 시작하더니 지금은 아주 멋진 보금자리를 꾸며놓았다. 새끼를 키우는지 부지런히 둥지 구멍을 들락거리는 모습을 보면 흐뭇하기도 하지만 한편으로 독립할 때가 된 아이들 걱정도 든다.

공원의 나무 위로 새들이 날아가고 나무 아래로 고양이가 어슬렁거리며 지나간다. 언제부터인가 고양이 한두 마리가 공원에 들어와 생활하기 시작했는데, 학생들이나 외부 사람이 집을 마련해주고 먹이를 주면서 개체가 많이 늘어난 것 같다. 고양이들은 이제 사람이 다가가도 도망을 가지 않는다. 학생들은 휴대전화를 꺼내어 고양이 사진을 찍기도 한다. 고양이가 귀엽고 사랑스럽기도 할 것이다.

이런 모습을 보면서 개체가 더 많이 늘어나 관리가 되

지 않으면 어쩌나 하는 염려도 생긴다. 가끔 청소하는 여사님이 찾아와 고양이가 강의실에 대소변을 보고 가서 청소하기 힘들다고 하소연을 하기 때문이다. 좋아하는 사람도 있고 힘들어하는 사람도 있다는 사실은 동전의 양면 같다. 두 마음이 적당히 조화를 이루었으면 좋겠다고 생각해 본다.

나무가 열매를 다는 이유는 번식을 위해서다. 하지만 나무는 사람과 새를 위해 열매를 매다는 것인지도 모른다. 생각이 다른 사람들이 서로 이해하고 배려한다면 아름다운 조화가 이루어지지 않을까?

늘 저 자리에 있는 나무들은 보이는 것이 전부일까? 갑자기 궁금해진다. 나무는 꽃을 피우고 새파란 잎을 펼치고 바람에 흔들리며 춤추고 있지만, 보이지 않는 땅속으로 뿌리를 뻗어가며 열심히 영양분을 찾을 것이다. 줄기를 통해 양분을 잎으로 보내고 있을 것이다. 겨울나무의 모습을 생각해 본다. 겨울나무는 잎이 무성한 현재의 모습으로 살아가기 위해 나목(裸木)으로 추위를 꿋꿋이 참고 견뎌왔을 것이다.

나목을 그린 화가 박수근이 떠오른다. 박수근은 왜 잎도 없는 나목들을 그리 많이 그렸을까? 화가의 삶이 나목

같았던 것일까? 아니면 화가 자신이 나목이었기에 나목을 그리며 새싹처럼 돋아날 희망을 품었던 것일까? 지금 박수근은 최고의 화가로 평가받으니 그의 희망은 이루어진 것 같다. 박완서 소설가는 박수근과 가졌던 친분을 토대로 하여 소설 『나목』을 썼다. 소설의 마지막에서 드러나는 것처럼 나목은 봄의 희망을 품은 겨울나무 박수근이었다.

창밖의 나무들을 한참 동안 물끄러미 바라본다. 세속에 물들지 않고 한결같이 살아온, 그리고 살아갈 저 나무들이 나에게 어서 오라고 손짓하는 듯하다. 너도 이젠 퇴직할 나이가 되었으니 우리처럼 모든 것을 내려놓고 함께 어울리자고 손짓하는 듯하다. 옆에서 열심히 일하는 여선생의 눈길을 피해 슬며시 일어난다. 공원으로 발길을 옮긴다. 숲속에 나무처럼 서 있는 나를 발견한다. 2022.05.17.(화)

여름이 좋은 세 가지 이유

　"당신은 어느 계절을 좋아합니까?" 하고 물으면 대부분 봄이나 가을이라고 대답한다. 대략적인 통계에 의하면 봄과 가을을 좋아하는 사람이 각 40% 내외고, 여름과 겨울을 좋아하는 사람이 각 10% 내외다. 여름을 좋아하는 사람은 10% 정도니 백 명 중 열 명이 될까 말까 하다. 이런 통계를 통해 사람들은 장마와 무더위를 힘들어한다는 것을 알 수 있다. 세월이 갈수록 지구 온난화가 심해져 지구 평균 기온이 올라갈 것인데 그러면 여름을 좋아하는 사람들이 더 줄어들지도 모르겠다. 누군가가 나에게 어느 계절을 좋아하느냐고 물으면 여름을 좋아한다고 대답한다. 여기에는 나름의 세 가지 이유가 있다.

　첫 번째 이유는 나는 여름에 태어난 여름 아이이기 때문이다. 해마다 내 생일은 여름에서도 제일 덥다는 대서(大暑)를 전후하여 돌아온다. 이 무렵 장마의 뒤 끝에 무더위가 절정으로 가는 찜통더위가 찾아온다. 그 더위 속에서 아내가 차려주는 생일상 앞에 앉으면 나를 낳아주신 어머니 생각이 난다. 무더위에 나를 낳으시느라 어머니는 얼마나 고생하셨을까? 가만히 생각해보면 가슴이 울컥해져 눈시울이 붉어진다.

만삭의 어머니는 나를 낳기 위해 무더위뿐만 아니라 모기와 땀띠와도 싸워야 했을 것이다. 그 고생을 어떻게 짐작이나 할 수 있을까? 우리가 아무리 그 마음을 헤아린다고 하지만 겪어보지 않고는 모를 일이다. 아이를 낳아 기르는 어머니는 위대하다. 특히 여름에 아이를 낳아 기르는 어머니는 더 그렇다. 그래서 여름이 오면 나는 어머니를 한 번이라도 더 그려본다. 적자생존(適者生存)이라 했던가. 태어나면서부터 여름의 무더위에 적응해서 그런지 나는 겨울 추위보다 여름 더위를 쉽게 이겨내는 편이다.

두 번째 이유는 나는 여름을 즐겁게 보낼 줄 알기 때문이다. 여름 태생에 고향이 낙동강과 가까워 나는 물과 친하다. 그래서인지 여름이면 나는 바다와 강 그리고 계곡을 찾는다. 유행가 가사처럼 저 바다에 누워 외로운 물새도

되어보고, 흐르는 강물에 뛰어들어 멱을 감으며 풍광을 감상할 줄도 안다. 하지만 지금은 예전보다 물놀이를 절제하고 있다. 요즘은 계곡을 찾아 탁족하면서 여름 과일을 먹으며 즐긴다. 때때로 시원한 그늘에 앉아 흘러가는 뭉게구름을 한가롭게 바라보는 것도 흥겹다.

여름을 즐겁게 보내는 방법은 의외로 많다. 스포츠 경기 관람을 좋아하는 사람은 치맥을 곁들여 경기관람을 하고 영화를 좋아하는 사람은 시원한 극장을 찾으면 된다. 마음이 헛헛하면 에어컨 바람이 있는 도서관에서 책을 펼치면 될 일이다. 마음이 가는 대로 실천에 옮기기만 하면 여름은 즐거운 계절이다. 피할 수 없다면 즐기라는 말이 있다. 『논어』에서 공자는 즐거움을 최고의 선으로 보았다. 여름을 즐길 줄 안다면 여름을 좋아하는 사람들이 지금보다 더 늘어나리라고 생각해본다.

마지막 이유는 여름이 서정적인 계절이기 때문이다. 한때 SNS 댓글에서 유행했던 '여름이었다'를 가지고 몇 가지 예를 들어 증명해보자. '배가 출출하여 국수를 말아먹었다. 여름이었다.', '하늘을 날고 싶어 하품했다. 여름이었다.', '평소에 어렵게 쓴 아침 숲길 원고를 이번엔 쉽게 썼다. 여름이었다.', '여름이었다'는 일종의 밈(meme)이다. 조리 없고 당치 않는 말을 썼더라도 문장의 끝에 '여름이었다'만 붙이면 그 글이 서정적으로 변하여 그럴싸해진다. 여기에서 여름은 서정적인 계절이라는 것을 알 수 있다. 그래서 나는 여름이 좋다.

　여름은 사계절 중에서 꽃이 제일 많이 피고 지는 꽃의 계절이다. 그런데 찔레를 비롯한 여름의 꽃들은 거의 흰색이다. 여름의 흰 꽃은 흰옷을 즐겨 입으셨던 어머니와 아버지를 떠오르게 한다. 이런 나에게 여름은 그리움의 계절이다. 여름은 기억 속의 어머니 아버지를 꺼내 보는 시간이 많은 계절이다. 그래서 다른 계절보다 나는 여름이 더 좋다. 엊그제 입추(立秋)가 지났다. 아쉽게도 올해의 여름이 꼬리를 보여주려 한다. 매미 소리는 신생아 울음소리처럼 우렁찬데…. 2022.08.09.(화)

김해의 문인화로 치유하다

서른 해를 넘게 다닌 직장을 그만두었다. 직장 생활에서 오는 정신적인 피폐가 힘들어서였다. 정신에서 오는 병은 어딘가 모를 결핍으로 이어지고 나를 울적하게 했다. 이를 달래기 위해 수시로 옛날 그림을 수집해 왔다. 수집을 위해 골동품 가게와 인터넷 옥션을 들락거렸다.

그림을 구하여 한참을 바라보면 마치 내가 그림에 들어가 있는 것 같았다. 수려한 산수의 가운데 바위 위에서 낮잠을 즐기고, 강 위에 떠 있는 배에서 낚싯대를 드리우고, 다리를 건너 친구를 찾아가 술잔을 기울이고, 그마저도 여의찮으면 그저 멍하니 먼 산을 바라보는 것이다. 은연중 내가 바라던 삶이라 마음이 평온해졌다.

나는 옛날 산수화를 보면 가만히 서서 몇 시간이던 바라볼 수 있다. 선천적인지 후천적으로 습득된 것인지 알 수는 없으나 그만큼 좋아한다. 산수화 중에서도 겸재 정선(1676~1759)의「인왕제색도」를 좋아한다. 겸재가 몸이 아픈 시인이자 친구인 이병연(1671~1751)에게 쾌유를 비는 마음을 담아 노년에 그려준 그림이다. 여기에서 보듯 그림은 아픈 사람을 치유하는 데 큰 도움이 된다. 나아가 나의 오랜 직장 생활에서 온 정신적 피폐를 어떤 그림으로 치유할까를 고민하다가 김해의 문인화로 택했다.

우리 영남 지역의 문인화는 조선 말기부터 이어져 오는데 김해에도 문인화의 맥이 있다. 김해의 문인화 개조는 차산 배전(1843~1899)으로부터 시작된다. 다음이 차산의 제자인 아석 김종대(1873~1949)와 우죽 배병민(1875~1936)이다. 이후 아석의 맥을 이은 수암 안병목(1906~1985)이고, 그다음으로 운정 류필현(1925~2000)과 한산당 화엄선사(1925~2001)로 이어진다. 나는 이것을 김해 문인화의 맥으로 본다.

차산은 김해 출신으로 시ㆍ서ㆍ화에 뛰어났다. 1870년대부터 10여 년을 서울에서 문인이자 서화가로 활동하였다. 1882년 임오군란과 1884년 갑신정변이 일어나면서 김해에 칩거한다. 차산의 문인화는 맑고 담박한 묵의 기운이 가슴으로 전해져 우주 만물을 포용하고 용서하라는 계시를 주는 듯하다. 나아가 스트레스로 시달렸던 마음을 정화해 준다.

아석은 외가인 김해 상동면 대감에서 태어났다. 1904년에 법부 주사로 등용되어 관직 생활을 했으나 1906년 일제 강압에 의한 고종의 단발령에 불복하고 김해에 낙향한다. 외종조부이자 스승인 차산으로부터 시·서·화를 배웠다. 탈속한 필치로 그려낸 아석의 사군자는 시대정신과 자신의 내면세계를 잘 드러내고 있어 정신적 황폐를 치유해 준다.

우죽은 김해 대성동에서 태어났다. 아들이 없는 차산의 양아들로 불릴 만큼 차산에게는 피붙이나 다름없었다. 우죽의 묵매화는 과감한 필법으로 가지가 힘차게 휘어지고 꺾이면서 마치 용틀임하듯 하여 활기차다. 한참을 보고 있으면 봄 같은 생동감으로 온몸에 새로운 피가 돌고 새살이 돋게 한다.

수암은 김해 진례면 시례에서 태어났다. 수암의 문인화는 맑고 깨끗한 수묵 처리와 구성력이 뛰어나다. 한 포기의 난은 자기만의 난으로 그려내어 개성이 있다. 그림을 보고 있으면 정중동이 느껴진다. 사랑 그리고 조화와 질서를 보는듯하여 산만한 영혼을 치유하기에 이만한 그림은 없으리라.

운정은 김해 외동에서 태어나 수암으로부터 서화를 사사하였다. 묵포도를 잘 그렸는데 이 소재는 문인화가들이 자주 그린 소재는 아니다. 이처럼 포도를 비롯하여 소나무 목단 등 문인화의 소재를 폭넓게 구사하였다. 운정의 그림과 글씨를 보면 어딘가 모르게 즐거움을 준다. 즐거움은 나의 쇠약해진 몸에 원기를 회복시킨다.

한산당 화엄선사는 김해 영구암과 동림사에서 생활하였다. 화엄선사의 묵매를 보면 일필휘지로 활달하게 그렸다. 선종 인물화와 화제의 필치는 독보적 경지를 이루었음을 알 수 있다. 화엄선사의 그림을 보고 있으면 자유로움과 선화에서 오는 척사와 비움이 느껴져 육신이 날아갈 듯 가벼워져 옴을 느낀다.

계란 한 판의 숫자보다 많은 해를 다닌 직장을 그만두었다. 또 다른 삶을 꾸리면서 김해갤러리를 열고 옛날 그림과 함께하는 것은 행복한 일이다. 김해의 문인화로 피폐한 심신을 치유하며 건강한 삶을 살고 있다. 김해의 문인화는 학문과 교양을 갖춘 문인들이 욕심을 버리고 필묵으로 내면세계를 표현하여 병든 심신을 치유하기에 더없이 좋다.
2022.10.22.(금)

은행나무 가로수 길을 따라

나의 조그만 일터인 김해갤러리는 동쪽에 있고 나는 서쪽에 산다. 아침에 일어나 떠오르는 해를 보며 일터로 간다. 집에서 갤러리까지의 거리는 십 리 안팎으로 4km 정도 되는 것 같다. 걸어서는 30분, 차로는 교통신호를 생각하면 10분 내외가 걸린다. 나는 일터로 가는 짧은 시간이 행복하다. 그 이유는 길가에 늘어선 은행나무 가로수 때문이다. 가고 오는 잠깐이지만 계절의 변화를 느낄 수 있다.

가을은 노랗게 물이 든 은행잎을 내가 가는 길목마다 뿌려주어 늙어감이 아니라 익어감에 대한 축복을 내리는 듯하다. 은행 알맹이가 떨어진 나무 밑을 지날 때는 알맹이를 밟으면 냄새가 나 징검다리 건너듯 발길을 옮기지만 이조차 싫지는 않다.

은행나무 가로수길은 나의 안전을 지켜주는 하나의 경계이며 길을 안내해주는 안내자로 마음을 안심시켜준다. 비슷한 크기의 나무가 쭉 이어져 있는 길을 가다 보면 늘 나무와 함께 걷고 함께 달리는 것 같아 지루하지 않다. 은행나무는 도시의 추한 건물도 감추어주고 보고 들은 좋지 않은 풍문에도 침묵한다. 자동차 매연이 뿜어져 나오는 거리에 서서 마땅히 내가 마셔야 하는 좋지 않은 공기를 대신 마셔주어 나의 건강도 지켜주는 희생의 나무다.

어제는 단풍 숲이 아름다운 거북공원을 지나 경원고등학교 앞을 지나는데 주황색 조끼를 입은 한 무리의 사람들이 한쪽 차선을 막고 은행을 털고 있었다. 은행 열매의 독특한 냄새를 미리 제거하기 위한 아름다운 풍경으로 종종 볼 수 있다. 내가 어릴 적에는 은행나무가 드물어 이런 모습은 보지 못했다. 시골 마을마다 암나무 한두 그루에 수나무 한두 그루가 전부였다.

우리 마을에도 열매를 다는 암나무는 한 그루밖에 없었다. 우리 집 대문을 조금 벗어난 곳에 있었다. 윗대 할아버지가 심은 것이다. 지금처럼 은행이 달려 수줍은 얼굴빛으로 익으면 어머니와 내가 추수를 했다. 우리 식구들은 은행을 만지면 어김없이 옻이 오르는데 어머니와 나는 옻이 오르지 않았기 때문이다.

은행을 추수하는 날이면 나무 밑에 거적을 깔고 대나무 간짓대로 내리쳤다. 높은 곳에 달린 은행은 내가 나무에 올라가서 따고 비교적 낮은 곳의 은행은 어머니가 땄다. 떨어진 은행을 비료 포대에 주워 담아 리어카에 싣고 동구 밖 개울가로 가져가 발로 밟아 뭉개고 손으로 알맹이를 깨끗이 씻었다. 은행 특유의 냄새와 쌀쌀한 추위로 손이 시려와 힘들었지만, 어머니는 이에 아랑곳하지 않고 잘도 까셨다. 껍질을 벗겨내고 깨끗이 씻은 은행은 다시 리어카에 싣고 와 멍석 위에 널어 말렸는데 족히 한두 말은 되었다.

가을 햇살에 은행을 말리면서 드물게 세모난 은행이 보이면 주워서 호주머니에 넣고 다녔다. 세모난 은행은 네잎클로버처럼 행운을 불러 준다고 했기 때문이다. 소죽솥 아궁이에 은행을 구워 먹다가 열매가 뻥뻥 소리를 내며 터지는 바람에 혼비백산하여 도망친 일도 있었다. 은행에 크레파스로 색칠하여 예쁜 모양으로 만들어서 놀았던 기억도 난다.

어머니는 뽀얗게 말린 은행을 자루에 담아 읍내 한약방에 팔았다. 그때에는 은행이 귀한 한약재로 쓰였기에 꽤

비싸게 팔렸던 것으로 안다. 은행을 팔고 온 날은 어머니가 은행을 딴 수고비라며 나에게만 용돈을 주셨다. 돌아가신 어머니와 은행을 따던 그때 그 시절이 그리워진다.

은행나무는 오래 산다고 한다. 언젠가 문학기행에서 영동 영국사 은행나무를 본 적이 있다. 수령이 1000살이 넘었다고 했다. 성스러워 한참을 올려다보았다. 자연과 불경 소리와 더불어 묵묵히 살아온 것을 생각하니 외경스러웠다. 나의 어머니도 은행나무처럼 살고 계신다면 좋았을 텐데 하는 생각을 한다.

나의 일터인 조그만 갤러리는 동쪽에 있고 나는 서쪽에 산다. 오늘도 은행나무 가로수에 노을이 얹힌 길을 따라 나는 행복한 귀가를 한다. 해는 기우는데 붉고 노란빛이 어우러져 거리가 환하다. 해거름에 쌀랑한 공기 속으로 은행나무가 안내해주는 길을 따라 집으로 간다. 잘 가꾸어 후세에 남겨줄 유산 같은 은행나무 가로수 길이 좋다.
2022.11.08.(화)

매화꽃 필 때를 기다리며

　겨울은 왠지 쓸쓸하다. 겨울잠을 자는 대지와 추위 때문이다. 겨울은 삼한사온(三寒四溫)의 날씨라지만 기후 변화로 황사가 심한 삼한사황(三寒四黃)의 날씨가 되어버린 지 오래다. 이제는 미세먼지에 모두가 건강을 염려해야 할 지경이 됐다. 설날 지나 입춘을 바라보는 시기에는 봄이 빨리 왔으면 하는 바람이 복어 배처럼 부푼다.

　나는 매화꽃을 좋아한다. 신문에 이상기온으로 말미암아 매화가 꽃망울을 터트렸다는 기사가 나는 날부터 나는 매화꽃이 만발한 봄을 기다린다. 춘래불사춘(春來不似春)이 아닌 진정한 봄을 기다린다. 벌과 나비를 앞세우고 방긋방긋 웃는 매화꽃 활짝 필 그때를 그리움으로 기다린다. 사군자의 하나로 추운 날씨에도 불구하고 굳은 기개로 피어

나는 하얀 꽃 때문만은 아니다.

어릴 적 시골집 마당 모퉁이에는 커다란 감나무가 있었다. 감나무와 마주하여 매화나무도 한 그루 서 있었다. 겨울이 되면 그곳엔 따뜻한 볕이 들었다. 아버지는 마구간에 묶어둔 일 잘하는 암소를 몰고 나와 감나무에 묶어두고 볏짚을 주셨다. 소는 땅에 엎드려서 등으로 따뜻한 햇볕을 받으며 종일 짚을 먹고 되새김질했다. 그러면 나는 소의 등을 긁어주기도 했고 두 손으로 뿔을 잡고 이마를 맞대어 보기도 하였다. 봄을 기다리는 나목의 감나무와 매화나무, 그리고 소가 엎드려 있는 풍경은 한 폭의 그림처럼 정겹다.

아버지는 매화나무를 애지중지하셨다. 봄바람이 불어와 대지를 깨우면 매화나무는 잠에서 깨어나 자줏빛 꽃망울을 단다. 따사로운 봄 햇살 받으며 꽃망울을 젖빛이 도는 봉오리로 키운다. 이러한 풍경은 매화꽃이 활짝 필 때까지 시나브로 이어진다. 매화 꽃잎이 떨어지고 잎이 나오면 매실이 앙증맞게 달렸다. 열매가 어느 정도 자라면 잎에는 비리가 붙어 쪼그라들고 열매에는 벌레가 달려들었다. 하지만 아버지는 그냥 그대로 두셨다. 열매가 메추리알 크기만큼 자라면 농번기가 왔다. 그러면 아버지는 소를 몰고

들일을 나가셨다. 일하는 틈틈이 밭머리에서 소주를 드셨는데 소주잔에는 입으로 깨문 매실이 동동 떠 있었다.

아버지는 일의 고단함을 벌레 먹은 매실주로 달래며 희망의 봄을 즐기고 계셨다. 매실주에 취해 불콰해진 아버지의 얼굴이 눈에 선하다. 아무리 애주가라고 해도 그때엔 아버지의 행동을 이해할 수 없었다. 그런데 이제 나도 봄이면 아내가 매실청 담그려고 사 온 매실을 자루에서 한두 개 꺼내어 아버지 흉내를 내어본다.

나무에 매달린 매실은 마냥 노랗게 익어갔다. 맛있을 것 같아 따 먹어보면 시고 떫은 맛에 몸이 부르르 떨렸다. 생각만 해도 입안에 침이 가득 고여 몸으로 체득되는 맛이다. 익은 매실은 눈으로 보는 즐거움과 상큼한 향기를 준 뒤 여름 장마에 땅으로 떨어진다. 꽃이 피고 열매가 떨어지는 일련의 과정이 절창의 아름다움이다.

매화나무는 나의 삶 속에 자리하고 있다. 나는 일터인 조그만 갤러리에 김해 출신 문인화가 아석(我石) 김종대의 묵매화를 비롯하여 매화 그림을 많이 걸어두고 있다. 봄을 기다리는 간절함 때문인지 그림도 매화 그림이 좋다. 울퉁불퉁한 줄기와 뻗고 꺾인 가지에 올망졸망한 봉오리와 활짝 핀 꽃이 어울려 피어 있어 생동감이 넘친다. 이 생동감은 봄을 기다리는 간절함을 해소해 준다. 그림으로 감상하는 묵매화도 이리 좋은데 활짝 핀 꽃을 보는 즐거움은 무엇에 견줄까.

　겨울은 왠지 쓸쓸하다. 나는 입춘을 앞두고부터 매화꽃이 필 때를 기다린다. 조만간 통도사 뜰에 고고한 자태로 서 있는 홍매화가 꽃을 활짝 피웠다는 소식을 누군가 전해줄 것이다. 김해건설공업고등학교 교정의 와룡매(臥龍梅)도 활짝 피어 전국의 사진작가들이 꽃을 촬영하기 위해 몰려올 것이다. 나는 조용한 새벽을 틈타 교정을 찾아 용처럼 누워 있는 매화 줄기와 가지에 활짝 핀 매화꽃을 보러 갈 테다. 꽃잎에 영롱한 이슬이 맺혔다면 더없이 예쁠 것이다. 바라보면서 찬란한 봄을 만끽하리라. 매화꽃 활짝 필 때를 기다리며 봄의 희망을 키워보자. 2023.01.31.(화)

6월을 맞이하며

 떠나가는 5월은 뒷모습까지도 청춘처럼 푸르다. 5월을 보내며 새로운 어린이, 어버이, 성년 부부가 연둣빛 새싹으로 피어났기 때문이다. 올해는 부처님도 5월에 오셔서 많은 사람이 자비를 받았으리라. 가정 경제야 어찌 되었든 되돌아보는 가정의 달 5월은 모든 사람이 즐겁고 행복한 달이 되었다고 믿어 본다.

 5월은 참 분주했다. 바쁜 만큼 새소리도 짙었다. 여기저기서 들려오는 구애의 새소리를 들으며 가족의 탄생을 생각하고, 연둣빛으로 피어나는 잎사귀에 미혹하여 나무 앞에 한참을 서성거리다 정신을 차려보니 오월의 끝자락에 와 있다. 이젠 6월을 맞이해야 한다.

 다가오는 6월의 앞모습도 청춘처럼 푸르다. 푸르다 못

해 가슴 시리다. 젊은 병사가 자기 키보다 큰 소총을 앞세워 돌격하는 모습이다. 신록의 숲을 헤치고 용감하게 적을 향해 총칼을 겨눈다. 오로지 조국을 위해 젊은 한목숨을 던지는 것이다. 이 신성한 행동 앞에 신인들 어찌하랴.

나의 작은아버지도 그랬다. 1930년대 초반에 태어나 10대 후반 한국전쟁에 참전한 참전 용사다. 전쟁 후 공직에 몸담아 36년간 봉직하셨고 공직 생활 초기에 결혼하여 슬하에 두 딸을 두셨다. 작은아버지는 당신 형의 아들 3형제 중 막내인 나를 많이 챙기셨다. 문약한 몸으로 시골에서 농사를 짓는 형의 살림살이에 조금이나마 보탬이 되고자 하였다.

공무원의 적은 월급으로 가정을 건사하고 절약한 돈으로 나의 학비를 중학 입학부터 대학 졸업까지 대주었다. 등록금 납부일이 되면 나는 작은아버지께 편지를 썼다. 작은아버지 전상서로 시작하여 안부를 여쭙고 마지막엔 유자(幼子) 민주 올림이라고 썼다. 그러면 며칠 지나지 않아 등록금이 체신환(遞信換)으로 왔다. 나는 말 그대로 어린 자식이었다.

대한민국이라는 나라에서 내가 이렇게 글을 쓰고 행복하게 사는 것은 작은아버지의 은혜 덕분이다. 작은아버지는 이태 전 겨울에 세상을 떠나셨다. 지금은 국립 괴산호국원에 잠들어 계신다. 나라를 지키고 조카의 교육과 집안을 생각한 그 뜻을 돌아가신 다음에야 깨닫게 되었으니, 할 도리를 다 못 한 게 후회스럽다.

작은아버지가 돌아가시고 안장(安葬)을 위해 호국원으로 가는 길엔 하늘도 슬퍼서 진눈깨비를 부슬부슬 뿌려주었다. 슬픔은 나누면 적어진다기에 작은어머니와 동행하며 당신에 대한 회상으로 이런저런 이야기를 나누었다. 눈가에 맺히는 눈물은 흐르도록 그대로 두었다. 그때 작은어머니께서 하신 여러 말씀 중 두 가지가 기억난다.

생전에 작은아버지는 자동차 운전을 하지 않아 못 하는 것으로 알고 있었다. 작은어머니는 당신이 운전할 줄 몰라서가 아니라 전쟁 당시 차를 몰고 전쟁터를 누비다 사고를 냈기 때문이라고 한다. 이 사고에 대한 트라우마로 운전하지 않았을 뿐이라고 했다. 참전 용사는 전사하거나 장애를 입거나 트라우마를 갖는다고 한다. 작은아버지도 예외는 아니었다.

그리고 나의 사촌 동생인 두 딸을 키우면서 딸에게 높임말을 썼다고 한다. 어느 날 작은어머니가 "딸에게 왜 높임말을 쓰느냐"라고 물으니, 당신은 "내가 클 때 아버지가 내

게 높임말을 썼기 때문에"라고 대답했다고 한다. 뵌 적도 없는 할아버지가 떠오르고 아버지와 작은아버지의 내리사랑이 숭고해 슬픔이 울컥 치밀어 올랐다.

나는 작은아버지가 자랑스럽다. 대한민국이라는 나라를 지켜주셨고, 내가 올바른 길로 갈 수 있도록 교육받게 해주셨다. 작은아버지는 아무런 대가도 바라지 않고 자신을 희생한 분이다. 어디를 가나 기회가 되면 염치 불고 작은아버지 자랑을 한다. 살아가면서 내가 작은아버지의 고마움을 되새길 수 있는 일이기 때문이다.

올해로 한국전쟁 정전협정 70주년을 맞이한다. 참전 용사들이 살아계신다면 아흔을 넘긴 연세일 것이다. 6월. 나라를 위해 목숨 바쳐 싸운 분을 기려야 하는 달이다. 나라에서도 그분들께 최고의 대우를 해야 한다. 가슴 시리고 푸른 6월을 맞이하며 우리나라의 모든 작은아버지 같은 분께 지면을 빌려 큰절 올리고 싶다. 2023.05.30.(화)

대학원장의 주례사

결혼의 계절이 따로 있을까? 대체로 바람이 선선한 가을에 결혼해 겨울을 따뜻하게 보내고 싶은 게 인지상정인가 보다. 바야흐로 결혼의 계절이 온 것 같다. 친구들이 며느리나 사위를 맞이한다면서 청첩장을 보내온다. 축하할 일로 즐겁고 행복하지 않을 수 없다. 이젠 퇴직하여 월급을 받지 않으니 넉넉하지 못한 주머니 사정에 축의금 걱정도 되지만, 그래도 흐뭇하다.

나는 대학 교직원으로 일했는데 대학원 행정실에서 오랜 기간 근무를 했다. 대학원장을 가까이 모시면서 느낀 점은 인품이 좋다는 것이다. 그래서인지 결혼을 앞둔 제자들과 학교의 교직원들이 수시로 찾아와 주례를 부탁하고 갔다. 세월이 흘러 요즈음은 주례가 없는 결혼식이 생겼으나, 예전엔 주례가 없는 결혼식은 없었다고 해도 과언이 아니다. 결혼식에서 주례는 큰 비중을 차지했다.

어느 날 나는 대학원장께 "원장님, 주례를 서달라는 사람이 많은데 비결이 있습니까?" 하고 여쭤보았다. 원장은 "주례사에 있지! 내가 지금까지 반백 쌍 이상 주례를 섰지만, 아직 이혼했다는 쌍이 없네. 이게 비결이지"라며 자랑스럽게 대답하셨다. 느닷없이 주례사가 궁금했다. 때마침 같이 근무하는 젊은 직원이 결혼하여 주례사를 들을 기회가 생겼다. 그 주례사를 생각나는 대로 써보면 다음과 같다.

결혼은 천년 바닷길을 신랑은 키를 잡고 신부는 노를 저어 사랑과 행복의 파랑새를 찾아 나서는 긴 항해라고 할 수 있다. 그러나 살아가다 보면 부부간에도 항상 좋은 일만 있는 것은 아니다. 한 번 맑으면 한 번 흐린 것이 하늘인 것처럼 인생에도 언제나 밝음과 어둠이 있다. 이것이 자연의 섭리다. 일생을 살다 보면 때로는 비바람이 불고, 천둥이 치고, 눈보라가 휘날린다. 인생의 긴 항로를 함께 노 저어 가면서 지치고 힘겨울 때 서로 겸양의 자세로 남편은 아내의 입장에서, 아내는 남편의 입장에서 "힘들지요"라는 한마디의 말이 어떠한 절망과 어려움도 극복해 낼 수 있는 절대적 힘이 된다. 남편은 아내의 온화하고 자상한 마음 쓰임새에 한없이 위안받고, 아내는 남편의 믿음직한 행동에서 남편에 대한 신뢰와 존경을 가지게 된다. 서로가 '역지사지(易地思之)'의 자세로 상대방의 입장을 이해하려고 노력하는 가운데 사랑의 꽃이 피어날 뿐만 아니라 부모에 대한 효심과 형제간의 우애도 다져지게 마련이다. 행복한 가정의 튼튼한 주춧돌은 진정한 사랑이다. 사랑한다는 것은 서로 아껴주고 관심을 표시하는 것을 의미한다. 아울러 주례는 두 어머니께도 꼭 전하고 싶은 말이 있다. 오늘 두 어머니께서는 지극정성으로 화촉을 밝히시면서 '제발 행복하게 살아라'라고 마음속으로 빌었을 것이다. 그런 마음가짐으로 신랑의 어머니는 며느리가 아니라 딸을, 또 신부의 어머니는 사위가 아니라 아들을 얻었다고 기뻐해 주시면, 신랑 신부의 결혼 생활에 큰 힘이 된다.

여기까지가 내가 기억하는 내용이다. 주례사를 기억나는 대로 써보았지만, 여느 주례사와 별반 차이를 찾지 못했다. 그런데도 당신이 주례를 서면 이혼을 하지 않는다고 자랑스럽게 말했을까? 그때를 다시 회상해 보면 원장은

'역지사지'를 힘주어 말했던 것 같다. 그랬다. 한 쌍도 이혼하지 않은 주례사의 비결은 역지사지에 있었다.

이혼의 갈등은 자기중심에서 생긴다. 이는 자기의 삶만 존중하는 것에서 비롯되었다고 본다. 상대를 생각지 않고 자기의 주장만 내세우는 아집이 결국 이혼을 부른다. 조금은 내려놓고 상대편의 주장에 귀를 기울이면 어떨까. 이혼의 당사자뿐만 아니라 우리 모두 역지사지해야 한다. 우리는 송두리째 역지사지할 수 있는 인간이다.

결혼의 계절이 따로 있을까? 따로 있을까만, 가을은 결실의 계절이다. 결혼도 삶에 있어 하나의 결실이다. 결혼의 뜻깊음을 깨닫는다면, 주례를 그 누가 서든 주례사를 마음에 간직하고 살 수 있다. 그러면 한뉘는 파경 없는 축복이 될 것이다. 어린 아기의 볼처럼 탐스러운 결실의 계절, 이 가을에 결혼하는 신랑 신부들께 나는 크게 축하를 보내고 싶다. 2023.09.19.(화)

4부

무작정 여행

김수로왕릉은 겨울에 산책하기 좋다. 돌담이 찬 바람을 막아주고 후원에는 상수리나무 등 아름드리 고목이 운치를 더한다. 후원을 돌아 왕릉 안 작은 연못가 벤치에 앉아 동쪽에 있는 분성산을 바라본다. 춥진 않은지 안부를 묻는다. 산은 심심한 내 마음을 안다는 듯 나의 안부를 되물어 온다. 분성산이 내 대화의 상대가 된다.

맑은 날 산을 바라보면 파란 동쪽 하늘엔 낮달이 놀러 와 있다. 그 사이를 가르며 아득히 날아가는 비행기가 눈에 들어온다. 비행기에는 반가운 사람을 만나러 가거나 여행을 가는 사람이 타고 있을 것이다. 이를 바라보고 있노라면 그리움과 여행에 대한 상상력을 자극한다.

오늘도 왕릉을 한 바퀴 돌고 연못가 벤치에 앉아 분성산을 바라보고 있다. 내 옆 벤치엔 이순(耳順)을 넘겨 보이는 부부가 다정하게 앉아 있다. 부부는 머뭇거리며 나를 쳐다본다. 눈이 마주치자 두 사람은 나란히 나에게로 와 말을 건넨다. 분성산을 가리키며 "저기 돌담처럼 보이는 것과 지붕이 둥글게 보이는 저곳은 무엇입니까?" 묻기에, 나는 "저기 돌담처럼 보이는 것은 분산성이고, 둥근 지붕으로 보이는 곳은 김해 천문대입니다"라고 답해주었다.

성은 고려시대 박위 장군이 왜구를 막기 위해 처음 쌓았으며, 천문대는 우주에 대한 궁금증을 풀고 청소년들에게 꿈을 주기 위해 2000년대 초에 지었다고 말해주었다. 가만히 듣고 있던 부부는 사는 곳이 충남 논산이며, 아침에 무작정 여행을 떠나 도착한 곳이 이곳이라고 한다. 죄송하지만, 난생처음이라 안내를 부탁한다고 한다. 아는 대로 안내를 해주었다.

김해는 가야왕도(伽倻王都)다. 그 옛날 도읍을 정함에 있어 풍수지리적으로 방위를 지키는 사신(四神)과 배산임수(背山臨水)는 필수 요소로 고려되었다. 지금은 사라지고 흔적만 있는 김해읍성을 두고 볼 때 동으로는 좌청룡 격인 분성산, 서로는 우백호 격인 임호산, 남으로는 남주작 격인 봉황대, 북으로는 북현무 격인 구지봉으로 둘러싸여 있다. 배산임수에서 임수로 해반천이 있다.

김수로왕이 묻혀 있는 곳은 사라진 김해읍성 서문 밖에 위치하며 왕릉은 명당이다. 왕릉 정문을 나가 우로 돌아 북쪽으로 조금만 가면 유네스코 세계유산에 등재된 가야시대 지배층 무덤군인 대성동 고분군이 있다. 가리킨 저 산은 좌청룡에 해당하는 산이다. 이러한 내용은 국문학과 민속학을 가르친 고(故) 김열규 교수로부터 배웠다. 지금 나에게 이런 훌륭한 스승이 없다는 것이 안타깝고 그분이 그립기도 하다.

부부는 고개를 갸웃거리더니 저곳에 가보고 싶다며 가는 길을 묻는다. 길을 가르쳐주면서 가까이에 있는 신어산 은하사를 들러보길 권했다. 그러자 도시가 조용하고 깨끗하여 하루를 머물고 싶다며 조심스레 숙박업소도 물어온다. 가까운 곳에 있는 한옥 체험관과 경전철 부원역 앞에 있는 숙박업소 등을 소개했다.

특별한 이유도 없이 떠나온 여행길이라 그런지 돌아서는 부부의 뒷모습이 아름답다. 그 뒤로 세월이 따르고 그림자도 따른다. 사람의 삶은 늘 새로운 것을 찾아 나서고, 찾고 나면 또 새로운 것을 찾아 나서는 노마드의 삶이다. 여기에 충실하면 삶도 윤택해지지 않을까?

부부와 헤어진 후 벤치에 앉았는데 '무작정 떠나온 곳'이 김해라는 말이 마음에 머문다. 나는 언제 무작정 여행을 떠나본 적이 있던가? 실제로 한 번도 없었다. 아등바등 살아간다는 삶 탓과 쉽사리 실천하지 못하는 소심한 용기 때문이리라. 여기서 삶에는 작은 여유와 실천하는 용기가 필요하다는 깨달음이 있었다.

'검은 토끼의 해'가 저물고 '푸른 용의 해'가 밝았다. 지난 연말은 새해의 계획과 각오를 새기느라 누구나 한 번쯤은 고민했으리라고 본다. 작심삼일이라고 하지만, 평소에 하는 각오보다 새해를 맞으며 하는 각오가 성공 확률이 열 배나 높다고 어느 연구에서 밝혔다. 끝까지 포기하지 말고 실천하길 바란다.

올해는 내가 사는 고장 가야왕도 '김해 방문의 해'다. 시는 대대적인 홍보에 나섰다. 충남 논산의 부부처럼 무작정 여행지로 김해를 추천한다. 청룡처럼 엎드려 내려오다 나를 물끄러미 바라보며 말을 걸어오는 분성산을 마주하고 새해 각오를 다진다. 올해엔 무작정 여행을 떠나기로. 2024.01.02.(화)

어머니의 편지 1

　민주 답장 받아보아라.

　민주야 네가 떠난 지도 벌써 1개월이 되었구나. 민주가 설날 써 부친 편지 잘 받아보았다. 아무쪼록 몸 건강하다니 무엇보다 반갑다. 어려운 훈련이더라도 열심히 하여 의젓한 군인이 되어야 한다.

　민주야 네가 집에 있을 때는 어미로서 한 가지 따뜻한 사랑도 못 주고 갑자기 떠나보내고 나니 마음에 걸린다. 83년도 설날은 이 어미 마음 쓸쓸하게 넘겼다. 이곳 집안 식구들 모두 다 아무 별일 없다. 고모님 댁도 무사하시고 작은할머님은 설 아래 부산으로 내려가시고 민주 너의 큰형 내외 어린 것 데리고 모두 내려왔더라. 제사 모시고 초 2일에 밤차로 내려갔다.

이곳 진창에는 23일 날 대설량(大雪量)으로 눈이 많이 왔다. 논산에는 얼마나 춥냐? 부디 몸조심하고 군무에 열중하여라. 민주야 너의 옷 받고 즉시 그 주소로 어미 편지 두어 자 적어 붙였는데 받았는지 주소가 틀려서 못 받았는지 궁금하구나 알려다오.

훈련이 끝나면 가까운 데로 배치가 되어야 할 텐데, 편지 받으면 자주 연락 다오. 민주 건강을 빌며 어미는 민주 편지지만 기다린다.

1983. 2. 26.

어머니는 1927년 경상남도 창녕군 고암면 계팔 야동에서 서흥 김씨 집안 고명딸로 태어나 2012년에 땅보탬이 되셨다. 우리 집 종부로 시집와 시부모를 모셨고 칠 남매를 낳아 기르셨다. 어머니는 일제강점기에 성장했으며 한국전쟁을 고스란히 겪었다. 그 고단함을 어찌 다 말할 수 있으랴.

겨울날 문풍지 사이로 햇볕이 스며드는 방에서 어머니는 바느질하시고, 그 옆에 초등학생인 내가 엎드려 수학 숙제를 하는 모습이 보인다. 문제가 풀리지 않아 어머니께 여쭤보면 어머니는 곧바로 답을 주신다. 구멍 난 양말 뒤

꿈치를 기우시며 내가 풀지 못하는 두 자릿수 곱셈까지도 암산으로 척척 답을 주시는 어머니가 마냥 놀랍던 그날의 풍경이 머릿속에 그려진다.

아버지는 문약하여 조금 이른 나이에 땅보탬이 되셨다. 나는 그때 군 지원 입대 시험을 치르고 결과를 기다리고 있었다. 그 결과가 빨리 나와 아버지의 장례를 치른 후에 한 달도 안 되어 입대하였다. 군 생활 중에 어머니와 종종 편지를 주고받았는데, 그 편지를 아직도 버리지 못 하고 보관하고 있다.

편지에는 의젓한 군인이 될 것과 어미로서 아들에게 따뜻한 사랑을 못 준 것이 마음에 걸린다고 했다. 나는 끝없는 사랑을 받았는데도 어머니는 그것을 부정하셨다. 그리고 맞이한 설날은 마음 쓸쓸하게 보냈다고 적고 있다. 남편을 여읜 슬픔과 아들을 군에 보낸 슬픈 마음 어찌 헤아릴 수가 있을까!

가족들의 안부와 1983년 2월 23일은 창녕에 눈이 많이 왔다고 고향 날씨도 전한다. 기후가 변한 요즘, 창녕에서 2월 하순에 눈을 본다는 것은 하늘의 별 따기만큼 어렵다. 그때 논산은 하루도 거르지 않고 눈이 와 눈밭에 뒹구는 훈련이 춥고 힘들어 눈이 원수 같았다. 이런 눈 때문에 지금도 눈이 오면 군 생활과 어머니가 생각난다.

훈련소에서 지급하는 군복으로 갈아입고, 입고 간 옷을 고향으로 부쳤는데 어머니가 그 옷을 받고 두서없이 두어 자 적었다고 하신다. 옷을 받은 그때가 제일 슬펐다고 살아생전에 말씀하시는 것을 나는 들었다. 자대로 배치가 되어 이 편지를 받지 못 하지는 않을까 하는 염려도 감물처럼 배어 있다. 조금만 늦었다면 받지 못 할 편지였다.

이 편지는 어머니의 첫 편지로 내가 훈련소 퇴소하던 날 저녁 소대장이 전해주었다. 기초 군사훈련을 마치고 어디로 갈지도 모르는 불안한 마음으로 열차를 기다리고 있을 때였다. 캄캄한 밤 열차를 타고 희미한 불빛 아래서 어머니의 편지를 꺼내 읽는데 눈물이 얼마나 흐르던지 글씨가 가물가물했다. 그 기억 아슴푸레하다. 2024. 01. 26(금)

민주 답장 바다보아라.

민주야 너가 떠난지도 벌서 일개월이 되엇구나.
민주가 설날 써 불친 편지 잘 바다 보았다
아무조록 몸건강 하다니 무엇보다 반갑다. 어려운
훈련이 터래도 열심이 하여 어젓한 군인이 되어야
한다 민주야 너가 집에 있을 때는 어미로서 한가
지. 따뜻한 사랑도 못주고 갑자기 뜨나 보내고
나니 마음에 걸린다 83년도 설날는 이 어미 마음
씰씰 하게 넘겼다 이곳 집안식구들 모다 아무별일
업다 고모님댁도 무사 하고 자근 할무님는 설 아래
부산으로 내려 가시고 민주너에 큰형 내외 어린것
다리고 삼권이 내려 왓드라 제사 모시고 초2일
날 밤차로 내려 갓다. 이곳 진창에는 23일 날
大雪 물으로 눈이 많이 왓다 논산에는 얼마나
춥는냐 부디 몸조심 하고 근무에 열중하여라
민주야 너에 옷 밧고 주시 그 주소로 어미 편지
두어장 적어 부친는데 바닷는지 주소가 털려서

못. 바닷는지 궁금 하구나 알려 다오
훈련이 끝 나면. 가 까운데로. 배치가
되어야. 델 텐데 편지 바다 면 자주열락
다오 민주 건강을 빌며 어미는 민주 편지 만
기 다 린 다

1983   2   26

어머니의 편지 2

민주야 받아보아라.

민주야 너의 소식을 기다리고 있던 차에 배달부가 편지 한 통 전해주어 급히 뛰어가 읽어보니 민주 편지였어. 반가운 마음에 가슴 깊이 솟아오르는 눈물이 눈시울을 적셨다.

민주야 너의 아버님 글씨를 닮아 또박또박 주옥같은 글씨 읽을수록 너의 모습이 그립구나. 민주야 세월이 돌고 돌아서 봄은 곳곳마다 온 모양이지. 우리 집 뜰 밑에 얼어붙은 땅속에 잠자던 작약도 이제는 땅을 뚫고 빨갛게 돋아나왔네. 오늘은 3월 23일 봄비가 촉촉이 내린다.

민주야 효도가 따로 없다. 마음을 수양하고 건강한 몸으로 군무에 충실하고 무엇보다 튼튼하고 건강한 몸으로 집에 휴가 오길 이 엄마는 바랄 뿐이다. 이제 너의 몸이 건강해졌다고 하니 엄마는 매우 기쁘고 반가운 소식이다. 아무튼 건강을 조심하여라.

너의 편지를 받고 보니 민주도 이제 어른스럽구나. 나도 착하고 훌륭한 군인 아들이 있다는 걸 생각하니 가슴이 뿌듯하고 흐뭇해지는구나. 영리한 우리 아들 군무에 잘할 줄 믿고 잘하길 두 손 모아 엄마는 빌고 있다. 자대로 배치되었다니 자대가 어디냐?

이곳 집안 식구들은 모두 아무 별일 없고 고모님 댁과 대소가 두루 균안하시다. 그리고 민주야 너의 아버님 백일 상(喪)이 음력 3월 2일, 양력 4월 14일 날이다. 생각하니 허뿌고 섭섭한 마음 간절하다. 그때는 너의 큰형이 올라올 것이다.

너의 건강을 빌며 두서없는 난필로 이만 줄인다. 종종 소식 전하여라.

어미서

1983. 3. 23.

어머니는 나의 편지를 받고 눈시울을 적셨다고 했다. 기다리던 불초 소생의 소식에 기쁨의 영루(零淚)가 아닌가 한다. 아버지를 땅에 묻고 군에 간 철없는 아들을 어머니는 많이 걱정하셨나 보다. 봄날 적막하게 눌러앉은 빈집에서,

낳은 죄로 자식을 걱정해야 하는 굴레를 씌워드린 것 같아 마음 아프다.

내 모습이 그립다는 그 말씀에 나도 격한 감정이 일었다. 우리 집 뜰에는 아버지가 심은 작약 꽃밭이 곳곳에 있었다. 그 작약이 봄을 맞아 빨간 싹을 올리고 있다는 소식도 전해준다. 돌아가신 아버지는 봄이 오면 작약 뿌리를 캐어 깨끗이 씻어 말려 한약방에 내다 팔았다. 아버지가 작약 뿌리를 판 날은 그 돈으로 약주를 사 드셔서 기분 좋게 취하는 날이었다.

어머니는 빨갛게 뚫고 나온 작약 새순을 보며 야속하게 세상 떠난 남편 생각도 했으리라. 부슬부슬 내리는 봄비가 슬픔을 더한다. 편지에는 어머니가 군에 간 아들에게 해줄 수 있는 정감 있는 말씀을 온통 해주신다. 군 생활이 힘들어 문득문득 무너지려 할 때 어머니께서 혼신으로 써주신 이 말씀을 떠올리면 무너질 수가 없었다.

이 편지를 받은 그때 나는 심한 위궤양을 앓아 몸이 말린 명태 같았다. 어머니가 걱정할까 봐 건강하다고 편지에 썼나 보다. 그래서 내가 건강해졌다는 말에 기쁘고, 또 건강을 조심하라고 하신다. 나에 대한 근심과 걱정이 많았던 어머니의 마음은 오죽했으랴. 나는 심신이 약해져 있던 시기라 군 화장실에서 많이 울었던 기억이 난다.

어머니는 군인 아들을 두었다는 것이 자랑스럽고 마음 뿌듯하다고 하신다. 군인 아들 그 자체가 기쁨이라고 하시니 안중근 의사의 어머님만큼은 아니더라도 나라를 생각하는 마음이 곧으시다. 집안 식구들 두루 평안하고 아버지의 백일 상이 4월 14일이라는 것도 알려준다. 생각하면 세상살이 허뿌고 섭섭한 일이라고 말씀하신다. 나이 들어가며 이 말에 진리가 있음을 깨닫는다.

내가 군 생활을 하면서 어머니가 전해주는 고향 소식과 따뜻한 격려와 용기를 주는 말로 해서 군 생활을 무사히 마쳤다. 어머니를 땅에 묻고 돌아선 지도 어느덧 십 년을 훌쩍 넘겼다. 어머니는 시골집의 작약꽃이다. 오늘도 어머니가 편지를 쓴 날처럼 비가 내린다. 어머니가 아주 그립다. 2024.02.19.(월)

민주야 바다보아라
민주야 너에 소식을 기다리고 있든차에 배달
부가 편지 한통 전해주어 급히 뛰어읽어
보니 민주 편지였어 반가운 마음에 가슴
깊이 솟아 오르는 눈물이 눈시울을 적셨다
민주야 너에 아버님글씨를 닮아 또박々
주옥 같은 글씨 읽을수록 너에 모습이
거립구나 민주야 세월이 돌고돌라 봄은
곳々 마다 온 모양이지 우리 집 뜰 밑에
어르붙은 땅속에 잠자든 자각도 이제
는 땅을 뚫고 빠알가케 도다 나왔네
오날은 (3、23) 봄 비 가 촉々히 내린다
민주야 효도가 따로 없다 마음을 수양하고
건강한 몸으로 군무에 충실하고 무엇보다
튼々하고 건강한 몸으로 집에 휴가오길 이
엄마는 바랄 뿐 이다. 이제 너에 몸이 건
강 해 졋다 하니 엄마는 매우 기뿌고 반가
운 소식 이다 아무런 건강에 조심 하여라
너에 편지를 받고보니 민주도 이제 어른
서렵구나 나도 착하고 훌융 한 군인
아들 이 있다는걸 생각 하니 가슴이 뿌듯
하고 허뭇 해 지는구나 영리 한 우리 아들

군무에 잘 할줄 믿고 잘하길 두손모아
이 엄마는 빌고 잇다. 자대로 배치 되엿다니
자대가 어되나······
이곳 집안 식구들은 모두 아무 별일 업고
고모님 댁과 대소가 두루 균안하시다
그리고 민주야 너에 아버님 백일상이
엄력 3月2日 양력 4月14日 날 이다
생각하니 허뿌고 섭x한 마음 간절하다
그대는 너에 큰형이 올라올 거시다
너에 건강을 빌며 두서업는 난필로 이만
주린다 — 종, 소식 전하여라

어미서

1983 3 23

어머니의 편지 3

민주 답 받아보아라.

민주야 요즘 소식이 뜸하여 어미가 편지 한 장 부치려고 써놓고 차일피일 못 부치던 중에 민주 편지가 와서 급히 뛰어가 읽어보니 여러 가지 안부 말이 기특고 반가움에 가슴이 벅차오르고 눈물이 흐른다.

민주야 장마 틈에 어떻게 지냈으며, 장마가 끝난 불같은 삼복더위 몸조심하여라. 이곳 대소 가내 두루 편안하시고 집안이 무사하다. 농촌 생활 보리타작, 모심기 다 끝나고 요사이는 밭매기하고 있다.

집안 걱정 어미 걱정 조금도 하지 마라. 그런대로 지내고 있으니, 양력 7월 17일 너의 할머니 제삿날인데 삼촌 내외분은 못 오시고 형님하고 달미 고모님하고 다녀가셨다. 삼촌 내외분하고 형님 내외분한테 여가 나는 대로 편지 자주 하여라.

민주야 꼭 어미 부탁이다. 민주야 어려운 일이 있으면 말하여라. 어미가 힘닿는 데까지 해주마. 첫 휴가는 몇 달 만에 나는가? 세월을 재촉하여 휴가받아 우리 모자 상면하자. 씩씩하고 건강한 우리 민주 모습 하루속히 보고 싶네. 민주야 여러 가지 고생이 되더라도 참고 견디고 인생의 도를 닦아 훌륭한 사람이 되어야 한다.

정비근무대장 소령 김식 편지도 두 번이나 왔더라. 답장을 못 하였다. 안부나 전하여라.

그럼, 민주 건강을 빌며 이만 줄인다.

1983. 8. 1.

모서(母書)

어머니의 편지는 '민주 답 바다보아라'로 시작한다. 답 바다(海)에는 무엇이 있을까? 삼복더위가 있고 보리타작과 모심기와 밭매기가 있다. 8월 더위에도 밭매기하고 있다고 하신다. 이처럼 어머니는 농사일에 천심이었다. 한평생 땅을 파고 사신 어머니다. 어머니의 손톱은 닳았고 손가락은 휘어져 있었으며 손마디는 굵고 거칠었다.

어릴 적 등이 가렵다고 긁어달라면, 어머니는 거친 손바닥으로 등을 쓰다듬듯 문질러 주셨는데 세상에서 제일 시원했다. 아내가 등을 긁어도 이만큼 시원치는 않다. 평생 잊을 수 없는 각인된 기억이다. 어쩜 유물이 될지도 모를 기억이다.

어미 걱정은 하지 말라고 하신다. 나도 사람인지라 어머니가 나를 걱정하는 만큼은 아니지만 걱정했었다. 내 마음까지 들여다보고 걱정하지 말라고 하신다. 칠 남매 자식 걱정으로 평생을 사셨지만, 정작 당신 걱정은 하지 말라고 하신다. 모든 것을 안고 내려다보는 새파란 하늘 같다. 글을 쓰는 이 시간에도 나를 내려다보고 있을 것 같다.

어머니는 종부로서 제사 준비를 하셨는데 거의 매월 제사가 있었다. 이번은 할머니 제사가 있었다고 전하며 가족들 근황도 전해 주신다. 어머니는 나에게 부탁을 하나 했는데 그 부탁의 말이 '어려운 일이 있으면 말하여라'이다. 그러면 힘닿는 데까지 해결해 주겠다고 하신다. 자식의 일이라면 기꺼이 희생하시겠다는 뜻이다. 울컥하여 눈가에 이슬이 맺혔다.

나는 군 생활 열 달이 지나도록 첫 휴가를 가지 못 했다. 그때의 사정은 휴가를 못 간 선임이 많아 휴가가 밀렸기 때문이다. 나의 첫 휴가를 기다리는 어머니의 애타는 마음도 읽힌다. 나의 군 생활 근황을 전하는 정비근무대장의 편지도 두 번 받았다는 내용도 있다. 참고 견디라는 어머니 말씀, 그 말씀이 내가 오늘까지 살아서 글을 쓰는 이유가 된다. 지금까지 당신이 보낸 편지를 간직하고 있다는 사실을 알까?

어머니의 편지는 '민주 답 바다보아라'로 시작한다. '받아보아라'라는 말씀이 '바다보아라'라는 말씀으로 들린다. 어머니의 거룩한 뜻 같다. 바다를 바라보며 큰마음을 가지라는 뜻으로 받아들인다. 그지없는 어머니의 사랑을 어찌 잊을 수 있으랴! 아직도 이 편지를 버리지 못 하는 까닭일지도 모른다. 2024.03.30.(토)

민주 답 바다 보아라

민주야 요즘 소식 이뜸 하여 어미가 편지 한장
붓칠려고 쓰노코 차일피일 못붓치고 잇든중에
민주 편지가 와서 급이 뛰여 읽어보니 여러가지
안부 말이 기특고 반가움에 가슴이 벅차오르고
눈물이 흐린다. 민주야 장마 틈에 어떠케 지내
서며 장마가 끝난 불같은 삼복더위 몸 조심
하여라. 이곳 대소가내 두루 편안 하시고 집안
이 무사하다 농촌생활 보리 타작 모심기. 다. 끝
나고 오사히는 밭 매기 하고 잇다. 집안걱정
어미걱정 조금도 하지 마라. 그런데로 지내고
있으니 양력 7월 17일 너에 할머니 제사
날 인데 삼촌 내외분은 못 오시고 형님하고
달미 고모님하고 단여 가섰다 삼촌 내외분
하고 형님 내외분한테 여가. 나는데로 편지. 자
주 하여라 민주야 꼭 어미 부탁이다 민주야
어려운 일이 있으며 말. 하여라. 어미가 힘
대는데 까지 해. 주거마 첫휴가는 멧달만에
나는고 세월을 재촉하여 휴가바다 우리 모자
상면하자 씩 하고 건강한 우리 민주 모습 하루
속히 보고 싶네. 민주야 여러가지 고생이 되
더라도 참고 견디고 인생에 도를 딱아

훌륭한 사람이 되여야 한다. 정비근무대장소령 강식 편지도 두번이나 왔더라 답장을 못 하였다 안부나 전하여라 그럼 민주건강을 빌며 이만 주린다

1983   8.   1   母書

삼촌주소   우편번호 601-01
부산시 남구 대연동 1487-16
            양종소

구미주소   우편번호 641
경북구미시 송정동 65번지
1차 한우아파트 1동206호
            김기호

창원주소 우편번호 615-11
창원시 지귀동 42B-6L
  0   박수환 씨댁 (손상준)

166 어머니와 구름

동기간

칠 남매는 오롯이 건강하다. 막내가 지난해 환갑을 넘겼으니, 우리 나이는 60대 초반에서 70대 후반까지 분포돼 있다. 아버지는 세상을 조금 일찍 떴지만, 어머니는 장수하셨다. 어머니가 땅보탬 되신지도, 어언 10년이 넘었다. 당신은 살아생전에 동기간의 우애를 늘 말씀하셨다.

칠 남매에게도 위태로울 때가 있었다. 그중 가운데를 차지하고 있는 둘째 누님이 큰 시련을 겪었다. 둘째 누님은 10대 중반에 장티푸스를 앓아 생사의 갈림길에 섰다. 그때의 모습이 아슴푸레 떠오른다.

새봄을 맞아 집 안 곳곳에는 작약꽃이 새순을 올리고 있었다. 아버지는 작약 뿌리를 수확하셨는데 누님은 늘 그 곁에 있었다. 야윈 몸에 붉은 스웨터를 입고 있는 모습은 어린 나에게도 측은해 보였다. 아버지는 넷째는 몸이 아프니 무엇이든 양보하라고 하면서 사랑을 많이 주셨는데 가족들은 이런 일에 불평하지 않았다.

축담 아래 꽃밭에서 따뜻한 햇볕을 한동안 쬐고 병마와 싸운 지친 몸을 이끌고 방으로 들어가 잠을 자는 것이 누님의 일상처럼 보였다. 살고자 하는 의지와 부모님의 지극한 간호로 곡우(穀雨)에 비 맞은 신록처럼 누님의 병은 깨끗이 나았다.

서울에 살고 계신 누님은 올해 고희를 맞았다. 누님 자리에서 보면 위로 오빠 둘 언니 하나, 아래로 여동생 둘 남동생 하나다. 모두 다 갖춘 셈이다. 그런 누님으로부터 전화가 왔다. 퇴직해 작은 갤러리를 연 내가 보고 싶어 부산에 계시는 큰누님과 김해로 오겠단다. 창녕에 사는 셋째 누님께도 전화했지만, 집안일로 오지 못 한다고 하여 둘만 온다고 한다. 나는 기분이 들떠 맛있는 점심을 대접하겠노라며 점심시간에 맞춰 오시라고 너스레를 떨었다.

다음 날 두 분 누님이 오셨다. 근처 맛집인 삼계탕집으로 향했다. 삼계탕집 앞에는 개인 사정으로 문을 닫는다는 안내문이 붙어 있다. 소고기 전골집으로 향했다. 거기도 정기 휴일이라며 문을 닫았고 생선초밥집도 문을 닫았다.

짚어보니 월요일이라 쉬는 음식점이 많았다. 문을 연 음식점은 분식집뿐이었다. 들깨칼국수를 시켜 먹었는데 두 누님은 내가 미안해할까 봐 옛날 생각도 나고 해서 칼국수가 맛있다며 남김없이 드셨다.

나는 괜히 머쓱해졌다. 점심을 먹고 셋째 누님이 못 온 것을 아쉬워하며 김수로왕릉에서 사진도 찍고 이런저런 이야기를 나누었다. 둘째 누님은 오는 가을에 늦둥이가 장가를 든다는 소식을 전해준다. 덧붙여 막내 여동생이 대학원에 진학했다는 소식도 전해준다. "걔는 환갑 지나 공부하면 학비가 아깝지도 않은지 몰라" 하면서도 싫지는 않은 표정이다.

갤러리에서 조촐한 다과를 놓고 앉았다. 두 누님이 잠시 나갔다가 오겠다며 자리를 비운다. 화장실에 갔겠거니 하고 기다리는데 한참을 지나 큰누님이 비닐봉지 하나를 들고 들어온다. 봉지를 내밀며 "너와 올케 양말 두 세트 샀다" 하신다. 둘째 누님은 한참을 지나도 오지를 않는다. 걱정되어 문밖에서 기다리는데 멀리서 자기 키의 절반이 넘는 휴지 꾸러미와 비닐봉지를 양손에 들고 힘겹게 걸어오신다. 쫓아가 받으니 "갤러리 잘되라고 휴지와 딸기 샀다. 딸기는 올케 갖다주어라" 하신다. 그러면서 슈퍼를 찾느라 헤맸단다.

기차 시간이 되어 누님들을 구포역으로 모셔다드렸다. 큰누님은 차로 댁까지 모시려 했으나 굳이 구포역에서 지하철을 타고 가겠단다. 지하철을 타면 공짜인데, 동생의 자동차 기름값과 시간을 낭비할 필요가 있겠나 하는 배려일 것이다. 둘째 누님이 큰누님을 바래다주고 가겠다며 팔짱을 끼고 지하철역으로 간다. 계단을 오르는 뒷모습을 물끄러미 바라보니 왠지 가슴이 울컥했다. 동기간의 정이란 게 이런 것이지 싶다. 사족이지만 나는 불혹을 넘기면서 누나를 누님으로 부르고 있다.

칠 남매는 오롯이 건강하다. 내 부모님은 농사를 지으셨지만, 훌륭한 분들이셨다. 칠 남매를 낳아 동기간의 정을 느낄 수 있도록 해주셨으니까! 우리는 대한민국에서 장삼이사로 살아간다. 동기간이라는 말이 낯설지 않게 우리네 젊은 부부도 아이들을 둘셋 낳았으면 좋겠다는 바람을 조심스럽게 가져본다. 2024.04.16.(화)

기억에 남는 생일

천상병 시인은 「생일 없는 놈」이란 시를 남겼다. 음력 설날에 태어났기 때문에 쉰두 해 동안 한 번도 생일상을 받아보지 못했기 때문이라고 한다. 어버이는 어버이대로 제사 모실 생각에 온 마음이 팔렸고 시인은 시인대로 생일 생각을 할 수 없었다고 했다. 개인사에서 특별한 날이 생일인데 쉰두 해 동안 생일상을 받아보지 못했다고 하니 슬픈 일이다. 시인을 위해 생일 밥상을 차려줄 수 있다면 내가 차려드리고 싶은 심정이다.

내 생일은 여름이다. 삼복더위 중에서도 가장 더운 중복을 전후해 생일이 돌아온다. 올해도 중복 날이 생일이었다. 생일상에 삼계탕은 덤이다. 복날 생일을 맞는 나는 복이 많다. 그래서 생일이 되면 어머니 생각이 많이 난다. 나를 낳으시느라 더위에 얼마나 고생하셨을까! 어머니가 계시는 빈독골 산소 위로 흰 구름 두둥실 떠가고 내 눈가엔 한동안 이슬이 맺힌다.

어머니는 없는 살림에도 식구들 생일은 꼭 챙기셨다. 태어남에 대한 당신 나름의 감사 의식 같았다. 자식들에게 바라는 것은 없었다. 모든 것을 떠나 오직 태어나준 것 하나로 늘 감사하는 듯했다. 어릴 적 나는 내 생일 날짜를 기억한 일이 없다. 더운 여름날 아침상에 흰쌀밥과 미역국, 생선 등이 올라와 있고 "오늘이 민주 네 생일이니 많이 먹어라" 하고 말씀을 하시면 오늘이 내 생일이구나 했다.

베이비붐 세대인 우리 또래에는 여름이 생일인 사람이 많은 것 같다. 왜 그럴까? 농촌에선 봄여름을 지나며 열심히 농사를 짓고 가을에 추수해 거둬들인다. 가을걷이가 끝나면 마음도 넉넉해져 아무래도 부부가 보내는 시간이 많다. 그러면 작은 생명이 어머니 뱃속에 생겨나 열 달을 심장 뛰는 소리로 자라 여름에 태어난다.

바닷가나 섬마을에서는 조수가 가장 낮은 조금 때 바다로 조업을 나가지 않아 부부가 보내는 시간이 많다. 이때 아이가 생겨 한 마을에 생일이 같거나 비슷한 아이들이 태어나는데 이런 아이들을 일러 '조금새끼'라 했다고 한다.

기찻길 옆에서는 기적 소리에 잠이 깬 부부가 사랑을 나누는 시간이 많아 아이들이 많다고 하듯 그런 연유 아닐까? 생각해 보면 이런 말이 돌던 그때가 좋았다. 물질적으로 풍요하진 않았지만, 정감 있는 시절이었다. 나 같은 여름 아이가 많고 조금새끼가 있고 기찻길 옆에서 기차놀이를 하는 아이들 웃음소리가 끊이지 않던 시절이 있었다.

이처럼 아이들은 부부의 사랑으로 태어난다. 우리나라에도 부부의 사랑이 푸른 파도처럼 넘쳐났으면 좋겠다. 사랑으로 대를 잇는 탄생은 신성하다. 사람이 태어나면 생일이 있듯이 우주 만물에도 생일이 있다. 살아있는 생명체는 물론이거니와 개천절, 회사 창립기념일, 개교기념일과 탄생을 기념하는 날도 있는 것이다.

나는 기억에 남는 생일이 많다. 결혼한 첫해 아내와 같이 어머님이 차려준 생일상과 둘째 아이가 태어나고 그 이듬해인가 처가에서 장모님이 차려준 생일상이 기억에 남아 있다. 어머님은 생일상 앞에서 "내가 차려주는 마지막 생일상이다. 내년부터는 네 처에게 생일상을 받아라"라고 말씀하셨는데 그 감사함에 울컥했다. 장모님은 당시 시골에서 처남과 함께 수박 농사를 지으셨는데 수박밭에서 제일 큰 수박을 따와 케이크 대신 수박에 큰 양초를 꽂아 생일을 축하해 주셨다. 수박을 숟가락으로 파먹은 후 소주를 부어 마셔 술이 불콰하게 오르며 기분이 상기되었던 기억이 난다.

노래방 기계에서 〈생일〉이라는 노래가 울려 퍼진다.

"온 동네 떠나갈 듯 울어 젖히는 소리. 내가 세상에 첫선을 보이던 바로 그날이란다."

직장 동료끼리의 회식 자리다. 마침 그날이 내 생일이라 동료들이 나를 위해 이 노래를 불러 주었기에 기억하고 있다. 그 밖에도 아내와 아이들이 챙겨준 생일, 친구 범지와 후배 도연이 챙겨준 생일 등등 기억에 남는 생일이 많다. 오늘이 입추고 한 주 후면 말복이다. 남은 여름을 건강하게 보내고 감사의 계절 가을을 맞이하며 세상에 태어난 것을 축복해 주는 사람께 감사한 마음을 가져보자.
2024.08.06.(화)

유품

죽음을 맞이했을 때 우리는 아무것도 가져갈 수 없음을 안다. 평소 자기가 가졌다는 것만으로 기분 좋아지는 물건도 두고 가야 한다. 그래서 삶은 늘 죽음을 염두에 두어야 한다. 죽음을 염두에 둔다면 비우는 삶을 살아야 하지 않을까? 비우려면 자기가 간직한 물건을 다른 사람에게 물려주어야 한다. 물려줄 유품을 가지고 있거나 물려받은 유품을 소중히 간직하는 사람이 있다.

볕이 잘 드는 우리 집 거실 가장자리에는 다듬잇돌이 놓여 있다. 돌 위에는 가끔 수묵화를 그릴 때 쓰는 벼루함과 읽고 난 신문이나 마른빨래를 올려둔다. 다듬이의 용도가 폐기되고 작은 탁자의 용도로 수십 년 같은 자리를 차지하고 있다. 때로는 거추장스럽고 청소하는 데 걸림돌이 되기도 한다. 그럼에도 불구하고 그 자리에 놓여 있는 이유가 궁금하다.

　다듬잇돌은 할머니가 쓰던 물건을 어머니가 물려받았던 것으로 시골집 마루 구석에서 무거운 침묵으로 일관하고 있었다. 조용함에 눈길 한번 받지 못해 외로워 보이기도 했다. 나는 어릴 적 어머니가 마루에서 다듬질하는 모습을 자주 보았다. 어머니는 뭉게구름이 두둥실 떠가는 늦가을부터 버들가지에 연초록 새싹이 나오는 봄까지 다듬질을 많이 하셨다.

　다 마르지 않은 촉촉한 이불 홑청과 아버지의 두루마기 등을 잘 접어서 다듬잇돌 위에 올려놓고 구김살을 펴기 위해 다듬잇방망이질을 했다. 음악책에도 없는 듣기 좋은 박자로 다듬질하던 그때의 모습이 떠오른다. 하얀 기억 속의 어머니가 두드리는 다듬질 소리는 편안하고 그 모습은 백합꽃 봉오리처럼 고왔다. 찬바람 부는 계절이 오면 그 방망이질 소리가 그립다.

　예로부터 우리나라에서는 세 가지 듣기 좋은 소리를 삼희성(三喜聲)이라고 하였다. 그 첫째가 아이 우는 소리요, 둘째가 글 읽는 소리요, 셋째가 다듬질 소리로 꼽았다. 그 이유로 아이 우는 소리와 글 읽는 소리는 희망을 주고, 다듬질 소리는 보이지 않는 아름다움으로 마음의 안정을 주었기 때문은 아닐까 한다. 세월이 변해가면서 아이 우는 소리와 글 읽는 소리는 듣기가 드물고 다듬질 소리는 사라졌다고 해도 과언이 아니다. 이러한 현실에 안타까운 생각이 드는 것은 비단 나만의 생각일까?

나는 옛 물건을 좋아한다. 그 물건에 대한 내력을 상상케 하여 생각의 나래를 펼 수 있기 때문이다. 오래전 내가 결혼하고 아내와 같이 시골집에 갔을 때 어머니는 "너는 옛날 물건을 좋아하니 필요하면 다듬잇돌을 가져가거라" 하셨다. 가져가기 위해 다듬잇돌을 꺼내는데 무겁고 단단한 화강암의 옆 표면이 곰보처럼 몇십 군데나 깨어져 있다. "단단한 돌 표면이 왜 이렇게 깨어져 있습니까?" 하고 어머니께 여쭈어보았다. 어머니는 "그게 6·25동란 때 맞은 총탄 자국이란다"라고 말씀하셨다.

어머니는 난리에 피난을 갔다가 돌아오니 집은 모두 불타버리고 타지 않는 다듬잇돌과 타다 만 피 묻은 붕대와 의약품들이 쓰레기처럼 흩어져 있었다고 했다. 우리 집은 낙동강 전투에서 다친 국군과 유엔군을 치료하는 야전병원으로 사용되었는데 인민군의 공격을 받아 격전지가 되었다고 했다. 그때 다듬잇돌이 군인을 대신하여 총알을 맞

왔던 것이란다. 낙동강 전투가 우리 마을 뒷산에서 일어났으니 그럴 만도 했다.

북한의 남침으로 죄 없는 남북한의 젊은이들이 서로 총을 겨누고 총질할 때 다듬잇돌이 가운데서 총알을 받아내었다. 한마디로 군인을 대신한 총알받이였다. 총알받이 역할로 군인의 생명을 몇이나 구했는지 알 수 없지만, 그 아픔의 상처가 고스란히 남아 있었다. 총알을 맞고 폐허 속에 남겨진 다듬잇돌을 어머니가 간수한 것이다. 어쩌면 이돌이 어머니에게 희망의 징표가 되었는지도 모른다.

세상이 발전하여 첨단 가전제품에 밀려나 쓸모가 없어져 버린 다듬잇돌을 집으로 가져왔다. 옛날 물건을 파는 가게에 가면 이렇게 밀려난 다듬잇돌과 다듬잇방망이가 흔히 보인다. 나에게 있어 총탄을 맞아 상처 입은 다듬잇돌은 흔히 보이는 것과는 의미가 달랐다. 이것이 어머니의 유품이 되었기 때문이다. 옷감의 주름을 펴기 위해 받침돌이 되는 가혹한 삶에 동족상잔의 아픔도 겪었으니, 어머니의 분신 같다.

죽음을 맞이했을 때 우리는 자의든 타의든 유품을 남긴다. 누군가 애지중지 사용하다 남긴 유품은 삶이 유한하다는 것을 깨닫게 한다. 살아가는 사람은 유품을 보면서 그 사람에 대해 생각하고 그리워한다. 사람들은 사라지는 것은 덜 애석하지만, 잊히는 것은 아주 애석하다고 말한다. 잊지 않으려고 유품을 잘 간직하고 대물림하기도 한다. 어머니의 유품 다듬잇돌은 한국전쟁으로 폐허가 된 우리 집안의 내력과 살림살이를 위해 다듬질을 많이 하셨던 자상한 어머니를 떠올리게 한다. 오랫동안 거실 가장자리에 놓여 있는 이유가 여기에 있지는 않을까. 2024.12.01.(일)

12월에 관한 단상

　12월은 중국 작가 주자청(1898~1948)의 「뒷모습」이라는 수필에 나오는 아버지의 뒷모습이다. 고향에서 북경으로 떠나는 아들을 배웅하며, 귤을 사 주기 위해 11월 모양의 철로를 건너 온몸을 비비적거리며 홈으로 기어오르는 뒷모습이다.

　뒷모습은 왠지 쓸쓸하다. 나는 세월의 뒷모습인 송년을 생각하며 쓸쓸함을 달랜다. 날씨는 춥고 사람들은 종종걸음을 친다. 차가운 들숨과 따뜻한 날숨의 호흡으로 마음을 챙긴다. 언 손을 녹이는 하얀 입김은 일어나는 감정이다. 감정은 그리운 얼굴을 떠올리게 한다. 자식은 추위에 직장생활을 잘하는지, 일가친척은 가내 두루 평안한지 궁금하다.

여러 가지 일로 많은 느낌이 교차하는 시점이다. 사람들은 한 해를 보내는 아쉬움을 뒤로하고 새해가 오는 기대로 희망을 품는다. 나는 나이가 들어감에 따라 아쉬움을 좋아한다. 살면서 지나친 희망에서 오는 실망 때문은 아닐까. 모자라서 안타깝고 만족스럽지 못할 때를 만족한다. 그러면 파란 하늘의 새로운 빛이 보인다.

태양 빛은 여가수 목소리처럼 가냘프게 눈부시다. 주위의 공기는 투명해 그림자가 선명하다. 가녀린 햇살과 나목과 찬바람과 쓸쓸한 거리의 건물과 더불어 사는 삶이다. 잎을 떨어뜨린 나목은 추위 보이기도 하고 홀가분해 보이기도 한다. 나무도 가벼운 몸으로 자신을 지키며 만족할 줄 안다. 찬바람은 갈 길을 잃어버린 겨울 낙엽을 날린다. 건물은 냉기를 동반하고 하천은 가장자리부터 살얼음으로 언다.

바야흐로 겨울에 들었음을 안다. 드넓은 낙동강이 눈앞에 펼쳐져 있다. 멀리 강물 위에 겨울 철새가 헤엄치는 모습이 보인다. 어느 순간 철새는 떼를 지어 날아오른다. 저녁놀 위로 철새가 날아오를 때의 아름다움은 글로 표현이 어렵다. 가만히 소실점이 되어 사라질 때까지 바라본다. 해가 넘어가자 바람이 세차게 불고 갈대의 흔들림이 들리

지 않는 소리로 들린다. 추억 속 겨울 풍경의 아름다움은
내가 누리는 특권이다.

새소리가 뜸해지고 밤이 깊으면 군것질거리가 생각난
다. 대설에 눈이 오면 풍년이 든다고 했다. 눈이 온다는 소
식도 나쁘지는 않겠다. 동지는 밤이 길어 호랑이가 장가가
는 날이다. 날씨가 추울수록 호랑이 새끼가 많이 태어난다
고 전한다. 날씨가 땡고추처럼 맵고 추워 우리네 아이들도
많이 태어난다면 더 바랄 게 없겠다.

살아내기 위하여 말 많았던 지난날을 잊고 들뜨는 마음
을 가라앉힌다. 잘하고 있는 일마저 그만두고 싶은 마음
을 추스른다. 꼭두새벽 서녘에 달이 질 때는 마지막이 아
니라고 우겨본다. 감성적 생각으로 끝은 처음과 같다고 고
집도 부려보는 것이다. 가슴에 소주를 적시고 나목처럼 바
람 소리로 울어도 좋으리라.

아버지의 제사가 들어 있다. 아버지는 크리스마스 전야
에 돌아가셨다. 상여를 앞세워 산으로 가는데 날씨가 몹시
추워 뺨은 감각이 없었다. 관 뚜껑을 열고 차가운 흙을 삽
으로 퍼 넣을 때도 아버지는 가만히 누워만 계셨다. 아버
지의 모습은 산머리 매서운 한풍에도 온화했다. 야윈 얼굴
에 눈은 살며시 감았고 입안엔 눈 같은 하얀 솜을 물고 있

었다. 찬바람은 칼로 살을 도려내듯 몰아쳤고 추위는 우리 가족의 울음소리마저 얼려버렸다.

지난달엔 묘사가 있어 부모님 무덤에 다녀왔다. 무덤 주변엔 구절초가 굽이굽이 흐드러지게 피어 있었다. 평소 꽃을 좋아하셨던 아버지가 언제 구절초를 가꾸셨는지 내 마음을 기쁘게 해주었다. 서리가 내리면 구절초는 서리 맞아 맨땅에서 시든다. 나는 구절초가 씨앗을 퍼뜨리고 시드는 것을 지나쳤다. 새로운 구절초로 피어날 희망을 퍼뜨리고 시든 것을 지금까지 간과해버렸다.

12월은 내 가슴 속에 그림처럼 간직한 아버지의 앞모습이다. 아버지가 무덤에 들 때 나를 걱정하며 "나 이젠 간다. 건강 잘 챙기고, 시간 나면 한번씩 찾아오너라" 하는 말을 염화미소로 보여 주셨다. 나는 아버지의 씨앗으로 태어났기 때문에 알 수 있었다. 자식을 위해 모든 것을 주고 가신 아버지, 수의를 입고 꽁꽁 언 땅에 묻히는 말끔한 아버지의 앞모습이다. 2024.12.03.(화)

발문

먼 길을 나서는 사람의 채비

성선경(시인)

　양민주 시인의 수필집 『어머니와 구름』의 발문 부탁을 갑자기 받고 나는 문득 망설여졌다. 내가 꼭 써야 한다는 그의 말에 승낙하고 보니 쓸 일이 까마득하다. 어떤 이야기로 서두를 꺼내야 할까? 나는 망설이다 우리가 처음 만난 날을 떠올렸다. 그래서 나는 그 첫 만남부터 이야기를 시작해, 시인 양민주의 사람됨에 관해 이야기하고자 한다.

　양민주 시인과 나는 고향이 같다. 우리는 창녕 출신이다. 그리고 양민주 시인과 나는 같은 고등학교를 다녔다. 처음 양민주 시인이 나에게 "형님!" 하면서 말하기 전에는 양민주 시인이 나의 고등학교 후배인 줄도 모르고 있었다.

　나의 10대는 정말 되돌아보고 싶지 않은 시기다. 내 10대는 우리 집안의 가세가 기울어 몹시 쪼들려 빈곤하기가 그지없었고, 나는 마음이 흔들려 방황하던 때였다. 친구들

과도 어울리지 못했고, 공부에도 별 마음이 없었다. 정말 땅만 보고 다녔다.

나는 지금도 중학교, 고등학교 동창들이나 선후배를 기억하고 연락하는 사람은 몇 명이 되지 않는다. 그때의 기억은 아픈 기억이 많아서 그러한지, 내 기억에서 뭉텅 지워지고 몇몇 아픈 기억만 남아 있다. 그래서 생각나는 동창이나 선후배가 그리 많지 않다.

그런데 한 해 후배인 양민주 시인은 나를 만나면 꼭 "형님!" 하고 부른다. "나이 칠십을 앞둔 지금, 나이 한 살 차이가 무슨 대수며, 한 해 선배가 무슨 대수냐? 아서라!" 해도 양민주 시인은 한결같다.

양민주 시인이 나에게 고등학교 한 해 후배임을 말하기 전에도 나는 글 판에서 수필가 양민주의 이름을 익히 보아 알고 있었다. 좋은 수필을 쓰는 작가로 이미 그 명성은 듣고 있었다. 그런데 그가 나에게 학교 후배임을 말했을 때 나는 조금 당혹스럽기까지 했다.

나는 10대의 그 아픈 시절을 겪은 후, 모르는 사람이나 처음 보는 사람에게는 쉽게 곁을 주지 않는 사람이 되었다. 내가 곁을 준 사람에게는 다정한 사람이지만, 곁을 주지 않은 사람에게는 적잖이 까칠한 사람이다. 이런 내가 양민주 시인에게 곁을 주고 가까이하게 된 연유는 양민주 시인의 이런 사람됨에 있다.

그리고 양민주 시인과 나는 고등학교에 다닐 때 같은 국어 선생님을 짝사랑했다는 공통점을 갖고 있다. 갓 대학을 졸업하고 교단에 선 처녀 국어 선생님은 수업 방식부터 남달랐고, 학생들을 대하는 태도도 좀 남달랐다. 내가 시인이 된 것이나 양민주 시인이 수필가가 된 것은 그 국어 선생님의 영향이 큰 것 같다. 어느 날 고등학교 시절을 이야기하다 우리는 모두 그 여선생님을 함께 짝사랑한 것을 알게 되었다. 그 사실을 알고 함께 웃었다. 그 선생님의 근황이 궁금하다.

양민주 시인은 이미 두 권의 수필집을 낸 바 있다.『아버지의 구두』로 원종린 수필문학작품상을,『나뭇잎 칼』로는 경남문학 우수작품집상을 받았다. 나는 두 권의 수필집을 모두 읽었다. 두 권의 수필집 모두 작가의 진지한 삶이 진하게 배어 있어 매우 훌륭하였다. 이번 수필집에도 그러한 기조가 분명하며 삶의 향기가 진하다. 그래서 양민주 시인의 삶의 자세에 대해 더 믿음이 간다.

지난 입춘 시절에 딸아이가 운 좋게 공직 시험에 합격하여 경남 거제로 발령이 나 새봄에 집을 떠나게 되었다. 딸아이는 김해에서 태어나 지금까지 한 번도 집을 떠나본 적이 없다. 유치원부터 대학을 졸업하고 지역의 사립대학에서 계약직으로 짧은 기간 근무한 것까지 내처 사반세기 이상을 김해에서 보냈다. 짧다면 짧고, 길다면 긴 세월이다. 고등학교 졸업을 앞두고는 김해를 떠나 타지역의 대학을 가길 원했다. 하지만 가정형편이 넉넉지 못한 나로서는 생활비를 댈 자신이 없어 만류하였다. 그 대신 해외 어학연수를 보내주마 하고 설득하여 지금까지 한솥밥을 먹었다. 어학연수 기간에는 내가 술을 좋아한다는 사실에 생활비를 아껴 공항 면세점에서 값비싼 양주를 사 온 아이였다.

   (중략)

거제에 도착하여 다행히 딸아이의 직장과 가까운 곳에 방을 구했다. 부동산에서는 거제도의 조선 경기가 살아나고 있어 방 구하기가 힘들다고 했는데 딱히 그래 보이지는 않았다. 경기가 살아났으면 하는 열망이지만 불투명한 느낌이라 마음이 무거웠다. 며칠이 지나 다시 거제도로 가서 작은 침대와 이부자리 그리고 가재도구를 마련해주었다. 집 안 곳곳 깨끗이 청소도 해주고 왔다.

바야흐로 떠나보낼 준비가 완벽하게 이루어졌다고 생각

했다. 그런데 여러 사정으로 해결하지 못한 것이 한두 가지 생겼다. 여가생활이나 업무에 필요한 인터넷 연결과 삐뚜름하게 달린 커튼의 수리 등이었다. 아내는 혼자 생활하게 될 딸아이가 불안했던지 이 일을 나에게 맡겼다. 딸아이가 처음 출근하는 안날 하룻밤을 딸아이 방에서 자고, 출근 후 이 일을 처리해 주었으면 했다. 부창부수라 했던가, 나도 그럴 마음이 있었다. —「이소(離巢)」(부분)

양민주 시인과 나는 꼭 같이 일남일녀를 둔 아버지다. 양민주 시인의 딸이 첫 발령으로 거제에 간 것처럼 나의 딸도 첫 발령으로 거제에 갔다. 양민주 시인이 딸의 이소(離巢)에 첫 밤을 그렇게 보낸 것처럼 나도 똑같은 경험을 가지고 있다. 딸의 방을 구해주고, 첫 밤을 함께 보내고, 독립을 축하해줬던 기억을 갖고 있다.

동물에게나 사람에게나 독립을 한다는 것은 매우 중요하고 어려운 일이다. 언젠가는 반드시 독립을 해야 하지만, 이 과정은 매우 힘든 일임에는 틀림이 없다. 특히 이런 과정에서 딸을 내보내는 일은 아들을 내보내는 일보다 더 마음이 쓰이고 걱정이 앞선다.

양민주 시인의 수필에서는 가족이 남다른 의미를 가진

다. 그의 수필에서 많은 부분이 가족과 관계된 회상으로 이루어져 있을 뿐만 아니라 대다수의 소재가 가족이다. 아버지와 어머니 그리고 누나와 삼촌, 아내와 장인, 장모 그리고 아들과 딸, 세상의 따뜻함을 느끼고 이해하는 기저로서 그에게는 가족이 있다.

사랑을 받아본 사람이 더 많은 사랑을 베풀 수 있다. 더 많은 사랑을 받아본 사람이 더 많은 사랑을 나눌 줄 안다. 사랑의 이런 속성을 고려하고 보았을 때 양민주 시인의 타인에 대한 넉넉한 품새는 그의 이러한 '사랑받음'에 익숙한 삶에서 오지 않았나 싶다.

김수로왕릉 뒤쪽에 있는 친구 범지의 집은 서예 서실을 겸하고 있다. 걸어가면 반 시간 남짓 걸린다. 거북공원 가로등 불빛 은은한 시내를 벗어나 호젓한 우리 동네 숲길을 지나면 봉황교가 나온다. 다리 위에서 아래를 굽어보니 해반천에는 맑은 냇물이 흐르고, 가장자리에는 갈대와 마름과 어리연꽃 등 수초가 물속에 뿌리를 내려 군락을 이루고 있다. 나는 이런 군락이 외롭지 않을 것 같아 좋다.

(중략)

풀벌레 소리 들으며 수릉원을 가로질러 조금 더 가면 친구

집이 보인다. 집에 들어서면 정원의 오죽과 공작단풍나무가 고개를 숙여 나를 반긴다. 아무런 기별도 없이 찾아온 나를 보고 친구는 그냥 부처 같은 미소를 지어 보인다. 서실 의자에 앉으니 친구가 녹차를 내온다. 하동에 있는 지인이 보내온 우전차를 개봉했다며 서실에서 공부하는 사람들에게도 한 잔씩 두루 따라 건넨다. 차의 맑은 향기가 나에게 생기를 불어넣는다.

서실에는 친구에게 서예를 배우는 몇 사람이 글을 쓰고 있다. 그중에 친구 같은 후배 도연 선생도 보인다. 셋은 이런저런 안부를 묻다가 뜻이 맞아 소주 한잔할 수 있는 곳으로 자리를 옮긴다. 수로왕릉 돌담길을 따라 오일장이 서는 시장을 지나 상가 안의 횟집으로 간다. 소주를 마시며 이런저런 이야기를 나눈다. 우리는 주로 옛날 서화가의 글과 그림에 대한 이야기를 많이 하는 편이다. 담소를 나누다 보면 시간은 금방 지나간다. 취기가 오른 불콰한 얼굴로 횟집을 나오면 중천에는 달이 휘영청 밝게 떠 있다. —「친구 집 다녀오는 길」

그의 친구 범지 박정식은 나의 친구이기도 하다. 훌륭한 서예가인 범지 선생은 양민주 시인을 따라 나에게 꼭 형님이라 칭한다. 유유상종(類類相從)이라, 범지 선생도 양민주 시인처럼 정이 많고 따뜻한 사람이다.

우리는 종종 함께 어울려 술을 마시기도 한다. 취향도 비슷하고 주량도 비슷해서 취하도록 마셔도 늘 기분이 좋다. 우리는 한 달에 한 번 혹은 두 달에 한 번, 내가 김해로 가거나 그들이 마산에 오거나 술을 마신다.

우리 집에는 범지 선생이 써준 묵적(墨跡)이 여러 작품 있다. 나는 이를 모두 액자로 만들어 소중하게 걸어두고 있다. 그의 성품을 닮은 글씨들은 두고두고 보아도 질리지 않는다. 범지 선생이 처음 써준 '산부재고 선유즉명(山不在高 仙有則名)'이라는 당나라의 시인 유우석(劉禹錫, 772~842)이 쓴 「누실명(陋室銘)」에 나오는 내용의 글귀는 내 방의 가장 중심에 걸려 있다. 나는 이 액자를 빤히 들여다보기도 하고, 마주 비치는 거울 속 글씨를 감상하기도 하면서 즐긴다. 하루에도 몇 번씩 이 액자를 바로 보며, 사람이 어떻게 살아야 하는지 생각의 끈을 붙잡는다.

내 방 서재에는 범지 선생이 써준 소소헌(笑笑軒)이라는 액자도 있다. 내가 사는 집이 소소헌(笑笑軒)이니, 범지 선생이 나에게 선물로 좋은 글씨를 써주었다. 나는 서재에 들 때마다 이 액자를 한동안 쳐다본다. 참 좋은 글이다.

나에게 이런 좋은 친구를 소개해 준 양민주 시인이 고맙다. 범지 선생은 박학하여 내가 모르는 글이나 읽고 뜻을 알지 못하는 글을 그에게 물어 깨친 적이 한두 번이 아니다. 나는 내가 모르는 글씨나 글을 만나면 늘 범지 선생에게 물어 깨치곤 한다.

주말이 기다려진다. 주말엔 직장생활에서 벗어나 나만의 취미생활을 즐길 수 있기 때문이다. 주말 오후엔 가벼운 마음으로 골동품 가게를 찾아간다. 어느 순간부터 나도 모르는 버릇처럼 돼 버렸다. 차를 몰고 가면 몇십 분이면 도착한다. 짧은 시간이지만 차창 밖으로 펼쳐진 시골 풍경과 철 따라 변하는 산을 바라보며 여유를 즐긴다.

골동품 가게는 나에게 푸근함을 준다. 앞마당에는 오래돼 이끼 낀 석물이 묵묵히 팔려 갈 꿈을 꾼다. 햇빛과 비바람을 얼마나 맞았으면 저런 아름다운 이끼가 앉을까. 고태의 멋이 서려 있다. 전시된 돌절구와 맷돌 등을 둘러보고 가게 안으로 들어서면 선한 인상의 주인장이 나를 맞아준다.

(중략)

그러나 나에게는 아직도 내려놓지 못한 것이 있다. 취미생활에서 비롯된 수집벽과 집착이다. 나는 고서화를 좋아한다. 내가 주말을 기다리는 진짜 이유는 여기에 있다. 용돈을 모아 마음에 드는 고서화 한 점을 사는 것은 나에게 큰 기쁨이다. 여력이 없어 사지 못했을 때는 그림이 눈에 아른거려 밤잠을 설치기도 한다.

골동품 가게에는 고서화 전시장이 별도로 마련돼 있다. 거기서 그림을 바라보고 있으면 그림 속으로 빨려 들어가는 기분이 든다. 풍경화를 보면 수려한 산이 우뚝우뚝 솟아 안개에 싸여 있고 그 아래로 강물이 유유히 흐른다. 강의 중간에는 기암괴석이 한자리를 차지해 멋을 부린다. 강가에는 버드나무가 조용히 바람에 휘날린다. 버드나무 그늘에 조각배를 띄워놓고 낚시하는 신선을 보면 마치 내가 신선이 된 기분이 든다. -「혼자 하는 취미생활」

양민주 시인은 퇴직 이후 김해에서 '김해갤러리'라는 그림 가게를 한다. 나는 여기를 좋아해서 종종 놀러 간다. 고서화를 구경하는 재미도 좋고 그의 설명을 듣는 것도 매우 좋다. 나는 양민주 시인에게서 이 고서화에서 풍기는 느낌을 받곤 한다.

그래서 마음이 허전하고 사람의 향기가 그리울 때면 늘 김해갤러리를 찾는다. 한동안 앉아서 차를 마시기도 하고 이런저런 세상사 돌아가는 이야기도 나누다 저녁이면 술잔을 기울이기도 한다.

마산에서 아귀가 유명한 것처럼 김해에는 뒷고기가 유명하다. 김해에는 우리가 자주 찾는 뒷고기집이 있다. 그 뒷고기집은 만화 〈식객〉에도 등장하는 아주 유명한 집인데 고기 맛이 아주 좋다. 우리는 숯불에 뒷고기를 구우며 이런저런 이야기를 나눈다. 서로에게 잔을 권하며 사람의 향기를 나눈다. 이 자리에는 범지 선생과 함께할 때도 있고, 김참 시인이 함께할 때도 있고, 네 사람이 다 함께 할 때도 있다. 나는 이러한 술자리를 가지고 나면 한동안 마음이 풍요로워져 품새가 넉넉해진다. 이런 풍요로움 때문에 김해갤러리를 더 자주 찾는다.

한번은 이런 일이 있었다. 둘이 만나 술판을 벌였는데 그만 너무 재미가 좋아 내가 대취하고 말았다. 이런 나를 마산의 내 집까지 데려다주려고 양민주 시인이 나와 함께 택시를 타고 마산으로 왔다. 그러나 나는 너무 취한 나머지 택시에서 내린 곳 근처에서 집으로 가는 길이 헷갈리고 말았다. 그래서 아내에게 전화해 마중을 나오게 하였는데, 아내가 양민주 시인에게 근처 높은 빌딩이나 건물이 있으면 알려주면 좋겠다고 말했다. 그때 양민주 시인은 "하늘에 높이 달이 떠 있습니다." 하였다. 아마도 보름 이쪽저쪽이었나 보다.

이를 두고 아내는 지금도 종종 양민주 시인을 지칭할 때 "천상 시인"이라고 말하곤 한다. 양민주 시인의 이러한 성품이야말로 고서화의 품격과 격을 같이하고 있는 예가 아닐까 한다.

나는 옛날 산수화를 보면 가만히 서서 몇 시간이던 바라볼 수 있다. 선천적인지 후천적으로 습득된 것인지 알 수는 없으나 그만큼 좋아한다. 산수화 중에서도 겸재 정선(1676~1759)의 「인왕제색도」를 좋아한다. 겸재가 몸이 아픈 시인이자 친구인 이병연(1671~1751)에게 쾌유를 비는 마음을 담아 노년에 그려준 그림이다. 여기에서 보듯 그림은 아픈 사람을 치유하는 데 큰 도움이 된다. 나아가 나의 오랜 직장 생활에서 온 정신적 피폐를 어떤 그림으로 치유할까를 고민하다가 김해의 문인화로 택했다.

우리 영남지역의 문인화는 조선 말기부터 이어져 오는데 김해에도 문인화의 맥이 있다. 김해의 문인화 개조는 차산 배전(1843~1899)으로부터 시작된다. 다음이 차산의 제자인 아석 김종대(1873~1949)와 우죽 배병민(1875~1936)이다. 이후 아석의 맥을 이은 수암 안병목(1906~1985)이고, 그다음으로 운정 류필현(1925~2000)과 한산당 화엄선사(1925~2001)로 이어진다. 나는 이것을 김해 문인화의 맥으로 본다.

(중략)

한산당 화엄선사는 김해 영구암과 동림사에서 생활하였다. 화엄선사의 묵매를 보면 일필휘지로 활달하게 그렸다. 선종 인물화와 화제의 필치는 독보적 경지를 이루었음을 알 수 있다. 화엄선사의 그림을 보고 있으면 자유로움과 선화에서 오는 척사와 비움이 느껴져 육신이 날아갈 듯 가벼워져 옴을 느낀다.

계란 한 판의 숫자보다 많은 해를 다닌 직장을 그만두었다. 또 다른 삶을 꾸리면서 김해갤러리를 열고 옛날 그림과 함께하는 것은 행복한 일이다. 김해의 문인화로 피폐한 심신을 치유하며 건강한 삶을 살고 있다. 김해의 문인화는 학문과 교양을 갖춘 문인들이 욕심을 버리고 필묵으로 내면세계를 표현하여 병든 심신을 치유하기에 더없이 좋다. -「김해의 문인화로 치유하다」

양민주 시인은 '김해문인협회장'을 거쳐 짧게나마 '김해문화원 부원장'의 직함을 가진 적 있다. 그만큼 김해를 사랑하고 김해를 아낀다. 대개 사람은 그 채비를 보고 얼마나 멀리 갈지를 알 수 있다. 백 리 길을 갈 사람은 백 리를 갈 채비를 하고, 천 리 길을 갈 사람은 천 리를 갈 채비를 하는 법이다.

양민주 시인이 김해갤러리를 연 것도 이와 같은 연유가 아닌가 한다. '삼년지애(三年之艾)'라는 말이 있다. '3년 묵은 쑥', 『맹자』에 나오는 말이다. 고질적인 긴 병을 앓은 사람이 갑자기 '3년 묵은 쑥'을 구하기가 어렵다는 뜻이다. '준비된 사람'만이 큰일을 도모할 수 있다는 뜻이다. 그런 점에서 양민주 시인은 준비된 사람이다.

그의 첫 수필집인 『아버지의 구두』가 아버지에 대한 헌사(獻詞)라면 세 번째 수필집인 『어머니와 구름』은 어머니에 대한 헌사인 셈이다. 그래서 어머니의 편지글을 사진으로 편집하여 본문에 넣었다. 누구나 어머니의 사랑을 받고 자랐으며, 누구나 어머니에 대한 애정을 품고 있지만 이렇게 헌사를 책으로 내기는 쉽지 않은 일이다. 이 수필집이 많은 사람들에게 사랑을 받았으면 좋겠다.

내가 이렇게 양민주 시인의 진중한 글에 발문이라는 형식의 사족(蛇足)을 붙이는 일이 저자에게 누가 되지 않았으면 좋겠다. 나는 같은 동향으로서, 좋은 친구로서, 오래오래 먼 길을 함께 갈 도반으로서 사족을 덧붙인 것이니 좋은 눈으로 읽어주었으면 한다.